GAEA

Gaea

超能水滸

沈默——著

Superwomen of Water Margin

超能水滸

目錄

獻語

教主

在當代
身為男性的基本定義
無疑是作為一名女性主義者
而我更是萝娲主義者
謝謝妳帶我認識愛情的全部
世界還有我自己

愛的十周年
這是我呈獻的紀念禮物

教徒

林冲傳

第1話

少女抵達被大湖與密霧環繞住的寶藏巖。身後一群持著兵械的軍隊，緊追不捨。
她滿臉慌張，身上是破爛的衣物，而且四肢傷痕密布。
殺意就在後頭，少女幾乎感覺得到他們凶殘的氣味就要撲臨了。
一艘小船，從水上滑至，迅如電。
褐髮黃膚的少女張開口，像是要發出撕裂的叫聲，但卻無有任何聲響。
舟上，一條人影飛起，輕靈地落降岸邊。
那是身形婀娜、眉目含煞的黃膚三十歲女性，鮮紅的衣裳飄舞。
二十四名追兵掩至，少女的情勢迫在眉睫。
女子的臉上浮現怒意，手上忽然多了一把刀。
一把沾滿血汙且看來鏽蝕破爛的古舊菜刀。
同時，大霧忽然往岸上擴散，捲住少女。
帶刀女往前疾飆。如鬼似魅。她欺進穿戴軍事裝備的政府軍中，揮舞菜刀。

軍人們舉鎗，對準揮刀的女性，準備射擊。一切看來似已成定局。

唯水上的霧氣撩亂，如有意志追上女子，在周圍環繞不休，彷若在屏障著她。

鎗聲連發。

女子的身影消失於霧裡。

慘叫聲隨後響起。有誰倒地。血噴濺在迷霧中。軍人嘶吼著。

霧中鬼影幢幢。鎗響之間，有刀破空，持續砍擊。

幾分鐘後，密霧後撤。

而少女與持刀女子已然消失。陸地上則添了七、八具屍首。軍人們相顧駭然。因爲他們的同僚都變成怪物。更精準地說，是他們的身體奇怪地塌陷了，有人是整張臉往內凹，猶如鬼面，有人則是肢體被搗爛一般，被絞成肉泥，甚至有人上半身連帶護具、盔甲都徹底被壓爛，變成一團血與鐵交和難分的恐怖事物。驚人的噁心畫面衝擊眾人感官。某幾個士兵當場嘔吐不止。大夥都躑躅不前。

隊長發出收隊的命令。「我們太靠近了。前頭已經是無電之地、荒蠻之區，不是可以進去的區域。」這顯然是明智之舉。每個人的表情變爲安心。原本只是傳聞，但眞的來到寶藏巖，眼見爲憑此地的凶險，他們都嚇破膽了。

於是，大張旗鼓而來的軍隊，帶走屍體，飛快逃離現場。

湖岸邊，依舊迷霧環繞，周圍很快就回復寧靜，彷彿什麼事都沒有發生過。

寂靜吞噬著一切。

第2話

少女沒有名字，就像這個城市所有的女孩一樣。她就只是生來必須被任由使用的少女。一樣的遍體鱗傷，一樣的灰暗絕望。她的未來就是勞務與生孕，如同機器。但她跟其他女孩有著最大的不同，就是鼓起勇氣逃離城市。

記憶中，在階級森嚴的城市裡，沒有發生任何值得愉快的事。所有女孩同樣的悲慘。可是她心靈深處就是覺得這樣是不對的。少女不識字，甚至很久很久都不再能說話。但她知道屈辱，她還有感受力——是的，她想要去更好的地方。

有個奇異的召喚一直祕密地隱藏在心坎深處。

去吧。回到歸屬之地吧。

那個聲音就在腦中，尤其是近半年來，越來越強烈。

而後，她聽說了寶藏巖。一個被大水與霧圍繞的聚落。整個超臺北唯一不受星魔控制的區域。少女自然曉得，企圖脫逃城市是非常危險的事。但大半年來，她的心思總想著寶藏巖——那個神祕的化外之境，據說集結許多凶徒罪犯的荒蠻之地。即使周遭的人都說寶藏巖是又落後又恐怖的孤島區，但女孩總覺得，眞正教她駭怖難忍的是超臺北啊。何況，某個直覺告訴她，寶藏巖正是她該去的歸屬之地。

在各式悲慘的勞役之間，支撐她熬過飢餓與痛苦，就是寶藏巖。每個少女都暗自渴望能夠脫離無有間斷的工作，煮食、洗衣、打掃、搬運、製物、縫紉……從早到晚，日日十六個小時，體力總是被逼到極限。有記憶開始，就在做著一切勞動，女孩們被訓練成必須完成各種指令。等到十四歲，她們就進入生育階段。她們被生出來是因爲要生出更多人類。男孩必然成爲戰力，女孩則是負責各種生產事務。

少女再過幾天就十四歲，而一名上階軍官早就挑中她。那是一名又高又俊的年輕男性。他迫不及待地帶走她。其他的女孩都說她是幸運的，至少他是好看的，有些甚至說很羨慕，希望替代她。不過少女並沒有雀躍的心情——身體不是自己的這件事，讓她十足困惑。不知道哪來的想法，她就是無法像大多數女孩一樣，完全接受終有一日要隸屬於男性的現實。

但她沒有跟任何人商量或討論。沉默是在城市生活最安全的防護。語言是危險的。少女很安靜。當她明白啼哭、撒嬌，更不用說抗議，都是無用的，她就決定不再開口。降低自己的存在感，不受矚目，才是最好的生存法則。

她知道自己在等待。等待改變一切的可能到來。但絕不是男性。她從小就看懂了。男人不會是她的活路。他們被訓練成凶暴的武器。他們只需要暴力。暴力是他們擁抱的一切。女孩從來沒有看過男孩。她所見的全都是男人，都是殘酷物種。必須逃離他們以及這個城市。這個奇怪的念頭佔滿她的心胸。而那一晚，當領走她的軍官噴著酒氣，粗暴無比地抓著她的頭髮，將她按倒在桌邊，扯爛她的衣裙，直接要從背後進入時，有個強烈的情緒從最深處爆炸開來。

她想撕裂他，她要長出爪子，像野獸一樣，譬如豹，全神貫注地將他四分五裂。一股怪異的力量充滿她的身軀。女孩往外推。突如其來的，軍官貼緊她的肚腹腿根處赫然損裂，宛如被尖牙利爪破壞。

那年輕男性莫名所以，詫愕望著忽然遭到裂解、血流如注的部位，駭然後退。女孩翻身，憤怒與狂亂在心中激長。她持續對著軍官推出體內的力量。那男子的胸口登時多添了幾道見骨的傷痕，當場昏厥。女孩沒有再進逼。在萬暗之中，她接受遠處的召喚，女孩朝著傳來奇異遠鳴的地方狂奔——

夜奔寶藏巖。

第3話

帶著菜刀的窈窕女子是孫二娘。現在她並沒有持刀。那把菜刀忽然就不見了。

孫二娘帶著女孩走過石路，往上走，到了一間門上刻有豹圖紋的小屋。

孫二娘輕聲對女孩說：「她在等妳。」

女孩望著孫二娘，沒有言語。

「用不著害怕。來到這裡的人都有自己的命運。」

女孩不明白。但她相信這個在湖畔從超臺北軍隊下救出她的人。這裡不一樣。這裡召喚她。她感覺得到有種特殊的氣息與氛圍。孫二娘說話溫柔，並不是強迫或規定的口吻，而就只是建議。女孩曉得她可以拒絕。

「妳可以自由選擇，進去或者不進去。」

自由選擇——這四個字像是神蹟，女孩想著，我可以自由選擇嗎？

孫二娘正視著女孩：「就算妳沒有進去，依然可以在這裡生活。明白嗎？」

女孩保持沉默。

「所有來到寶藏巖的人，都有自己的房間，都可以自行決定自己的生活方法，要離群索居也行，要積極地融入也可以。」孫二娘講著：「想做什麼、想學什麼都可以。只要妳能對自己的抉擇負責、承擔其後果。」

負責？我，對我自己負責？女孩的眼神迷惘，流露出「那是什麼意思」的不解。

孫二娘很能理解少女的惶惑。因爲所有初來乍到的女孩都是一樣的。包括她自己也是一樣的。從來沒有一個地方會給女孩自主的權利。在寶藏巖，權利就是權力。一個人活著的最大權力，就是她自己的權利。那簡直是神話。

「寶藏巖沒有階級，也沒有位階。這裡的所有人，都是平等的。」孫二娘頓了一頓，更詳盡的解說：「有些人耕作與生產，有些人煮食，有些人製造物品，有些人則負責保護整個地區。每個人都可以有自己的職業。每種職業也都有自己的團體，負責決定各自的作業。但如果妳什麼都不想做，仍然有食物可以吃。我們互相供養彼此。在這裡，我們不累積財富，我們之間沒有誰有權力，沒有誰比誰更高階，一切的決策，都是在討論與商議下誕生。」

女孩完全沒有概念。但她牢牢記著這些話。

「所以，妳必須依據自己的判斷，決定到底要不要進這個屋子。」

女孩確切地感知到孫二娘的語氣中並無威迫的意思。孫二娘的話有好些部分，女孩無從理解。但她心中明白，這裡跟她原先居住的城市運作模式截然不同，這裡沒有人會直接下達命令。服從在寶藏巖裡似乎不是法則。

而後，少女眼睛發亮，走進屋內。

孫二娘則峭立原地，目送女孩。

倏然，一團飛霧飄來，落在孫二娘旁邊。

一名瘦高、俐落短髮的黃膚女子從霧中走出。左臉額頭到面頰長著一大塊青斑。霧氣奇異地消散，整個寶藏巖被灑落的日光撫慰著。而外圍仍舊密霧未消。

孫二娘牽起瘦高女性的手。「青姊，妳覺得這女孩承受得住嗎？」

楊志靜默片刻。

「我問妳呢。」孫二娘凝睇楊志，眼神嫵媚。

楊志語氣凝重：「永無會決定誰是林冲的接班人。」

「是啊。」孫二娘點頭後，嘆了口氣，幽微地講：「一轉眼，林冲也老了啊。」

「我們何嘗不是？」楊志深情地望著孫二娘。

孫二娘嫣然一笑說道：「我們還早呢！」

第4話

林冲老了。

身體裡的賜力正在消解。她就要回歸到永無裡了。在那之前，林冲得找一個新的接班人，必須有人接下天雄矛的命運。這是她身爲同一者的使命。一代接著一代，將永無所賜予的能量延續下去。

身爲第二代林冲的使命，等到新林冲出現，就能結束了。

二十年來與十四星魔、十二凶獸的抗爭、作戰，日積月累，終究損耗了林冲的生命。但活過五十歲的她已經很滿足。畢竟，寶藏巖愈來愈壯大，更足以對抗星魔軍和終截局的滔天暴力——這才是最重要的啊。

林冲出生的那一年，末日大戰發生，整個世界充斥輻射線，能夠存活至今她已算是長壽。與林冲同年生的，幾乎沒有能夠活到如她此時年紀——她是第二代同一者碩果僅存的幾位了。輻射塵雖被赤網攔截且吸收，但那也是大戰後的事。林冲還在胎中時就已受到輻射線的傷害，要不是安道全用她的地靈盆盡力清除並轉移林冲的傷病，她早就亡命了，如何能夠等到今時。只是，舊患終究難以除盡。林沖的器官早已逐漸衰竭，安道全只能推延，無法根治。

猶幸的是，接下來的年輕世代，都在赤網的保護下，不再有先天病體。對比年輕歲月的悲慘，現在的林沖，反倒覺得無怨無悔。永無在召喚自己了。賜力需要全數轉移到更有活力的身體裡。林沖並不覺得這是殘酷，爲了讓賜力永遠累積，是有必要的。

是這樣啊，她體內的力量，能夠在別人的生命中延續下去，幾乎像是一種祝福。城市裡陸續有女孩覺醒。她們身體深處都有賜力的芽。但不是每一個都能成爲她的同一者。每一種絕鋒都有它的特殊性，必須找到適合的人選。而等待大半年後，今天林沖終於等到下一個操控天雄矛的人。

少女正在走進屋內。

林沖對女孩露出和煦的微笑。辛苦妳了。接下來的人生不會因爲永無的眷顧，而變得不艱難。相反的，當妳接受同一者的命運，可能會有更多挑戰。林沖只是想著，但沒有說出口。她祝福著女孩，也願永無協助女孩走過接下來有限的人生。

少女的視線定於正前方，一名滿臉慈愛的婦人正望向自己。

非常淡薄的日光，從窗外平和地撫照著室內。

女孩呆望著。在城市裡，總是灰灰暗暗的，落塵那麼多，哪裡見得到陽光呢。

林冲眼光底生起非常深的憐惜。

女孩忽然覺得鼻酸，沒有任何來由。有種奇特的感覺，彷彿她所受的苦，婦人都能理解，甚至擁有同一種命運。少女所遭受的，婦人也曾經歷過。爲什麼呢？女孩不明白。這一切都是謎。自她感應到遠方的召喚後，太多未知的事物來到面前。

「我是林冲。」婦人嗓音嘶啞，但語氣非常溫柔。

林冲伸出手，掌心向著上方。

少女遲疑著要不要踏前握住婦人的手時，赫然一個不思議的情景發生——婦人的手裡忽然慢慢有一把長長的物件顯影，平空而來。

女孩愣愣地瞧著一柄發光之矛平擺地出現在婦人的掌心。而那奇妙之光使視野清亮無比，她瞥見婦人的右臉隱約浮現怪紋，像是豹頭，又像是字，就像少女剛剛進來在門上所看到的圖騰。但很快地，那個神祕的烙印沉下去，好像並不存在。

林冲手腕一轉，光散逐漸退散的長矛杵地。林冲說：「這是一把絕鋒。」

女孩不知該如何反應，這是什麼把戲？某種幻象嗎？

「妳應該感覺到了，對嗎？」

女孩只是視線筆直地對著婦人，半聲不吭。

林沖同樣也直視少女：「最近，妳身體裡有個怪異莫名的力量，像是在湧動。那是賜力。而妳的賜力與我的是同一種。我們擁有相同的力量。無須害怕自己的賜力，去擁抱它，那是專屬於妳的，絕對無法被奪走的。」

從屋外的孫二娘，到房內的林沖，似乎都是一樣的，她們沒有發出任何命令，只是溫和地講解。過去的時光裡，沒有人會專注爲女孩解說，從來沒有。所有的話語都帶著明確的指令，不容拖延、辯解，更不用說反駁或拒絕。但來到寶藏巖的短短幾十分鐘內，少女所遇到的兩名女性都帶著耐性，爲沉默不語的她說明各種事。女孩深深感受到她們的對待充滿著善意。

「而這柄武器名叫天雄矛。」林沖的手慢慢鬆開長矛。

矛就那樣兀自立著，恍若有生命。

少女十分困惑。在這裡，自己是那麼無知啊。

林沖急遽地咳嗽。

女孩張開嘴，依舊無聲，但眼露關懷。

「放心，我沒事的。」林冲搖搖手。

少女保持原地不動的姿態。

隔一會兒，林冲又說：「天雄矛不止是一種兵器，更將是妳的得力助手，藉由它，妳更能精準地有效地控制並施展賜力。把妳的武器從靈魂的最深處拉出來。這是名爲鋒擁的過程。妳要感受那股如光一般、在體內爆炸的力量。把它控制好。讓它長出來。長成妳想要的樣子。一把能夠精準地發送力量的絕鋒。妳要擁抱妳的絕鋒。當它湧現時，就等同於妳。」

女孩不確定林冲說的究竟是什麼狀態。

「每一個同一者也都有自己專屬的兵刃，我們稱之爲絕鋒。絕鋒是一代傳一代的，每種絕鋒都是爲了開發與加強賜力而存在的。當妳能夠依據自身的意志，從永無裡取出絕鋒，妳也就成爲眞正的同一者。而同一者的責任，是守護寶藏巖。」

目光底都是徬徨，女孩無法確知自己是否明白林冲的意思。

「我們的力量是永無賦予的，所以叫作賜力。所有同一者的能力都源自於永無。」

可是永無又是什麼呢？少女更迷惘了。

林冲笑著說：「永無是我們的來處，也是我們的去處。世間萬物，都是永無。」

女孩眨了眨眼，難以瞭解林冲的發言。

「妳願意接受我的絕鋒嗎？願意成爲同一者嗎？願意從今往後名爲林冲？」

少女無可置信林冲此時口中講出的提議——

我可以擁有武器，我可以守護寶藏巖，我甚至可以擁有姓名？

第5話

林冲死了。林冲又活了。

更精準的說法是，舊的林冲死了，卻活出另外一個林冲。

當女孩上前握住天雄矛，而矛發出璀璨光芒，新的林冲就此誕生。

目睹少女的右臉慢慢浮現奇異的圖紋，又消失了——這意味著她確實接棒。婦人面露欣慰。而女孩還需要時間消化一切，她的林冲之路還很長呢。婦人對女孩點頭，綻放最溫柔的笑容：「謝謝妳願意接下我們的宿命。」

少女感覺天雄矛有著生猛的力量洶湧著。那是龐大無邊的存在感。彷彿她拿著的不是一種兵器，而是更爲廣袤深刻的神祕體驗。這就是賜力？跟我身體裡的一樣嗎？並且有著波動。是的，長矛裡頭有一種溫暖的波動正穿透進來。

婦人說：「我也把我的賜力也灌注到天雄矛了。當妳可以藉由天雄矛運用自己的賜力，我們存放在天雄矛中的能量也會逐漸釋放。妳要記住，妳不是一個人面對所有的苦難，還有我，第一代林冲，以及水無。我們是同一者，我們共享靈魂。」

力量一波又一波地在體內推進流轉著，極度怪異的感覺，好像某種生物要鑽入更深的地方，它如同有意識一般地在跟自己的肉身、心靈連結。矛是活的嗎？女孩臉上有些驚恐。

「無須畏懼。它就是妳。它——」婦人又猛咳起來，好一陣子不能說話。

天雄矛所蘊藏的力量，正持續擠壓著女孩的身軀。同時，又像是一種緩慢但堅決的刺穿，似乎全部的孔穴都被侵入了，整個人也被翻動、挖掘著。少女覺得自己的身體宛如厚殼，而力量正在撬開所有的閉合。開啓，對了，力量正在全面開啓她。過程並不疼痛，雖然感覺古怪。但因爲其中蘊藏著一陣陣溫暖的波動，細細撫慰著女孩，她也就不至於過度慌恐了。她甚至有餘裕注意到天雄矛的變化。它在消解，不，應該說溶入。它要滲透她的血肉，變成她裡面的事物，她的一部分。它在細語著，那是充滿深情的話語。但她一句都聽不懂。她還沒有跟它合一。她與它之間還有距離。

「絕鋒是無法被奪走的。它有歸處。它會找到適合的同一者。」婦人又說起話來，語音顯得有氣無力，但每一句話都講得很堅決，「靈魂是妳的武器，靈魂就是我們的武器。要吸收絕鋒的能量，呼喊它，並讓它鋒擁，爲妳重生。」

女孩的心情變得和緩平靜。她領會到，天雄矛對自己不會產生危害。

婦人的頭慢慢低下，「要記得，要相信——」她的嗓音愈發虛弱，「妳自己。」天雄矛徹底消隱，彷若從未存在過。但女孩曉得它業已生根在自身裡。

「記得，此時此刻起——」婦人的目光很快轉爲全然的黯淡。

女孩這時才意會到婦人的生命正在邁向盡頭。

而婦人態度寧靜，好若沒有任何痛苦。

婦人說出最後一句話：「妳，就是林冲。」而後，再無聲息。

頃刻，少女趨前靠近婦人，發現她已然斷氣。

一小束日光照落在婦人的臉容上，像是她猶自發亮。

女孩靜默地待在婦人的身邊，陪她最後一段時光。這一個最陌生、但此時又是親密無比的婦人。她們好像共同分享了生命。縱使女孩還有太多事情不明瞭。但她覺得自己是一個人——

在寶藏巖，在這個房間裡，她完全被視爲一個人。沒有什麼比這個更重要的了。

許久後——

少女，新林冲，走出室內。

太陽的亮射被輻射塵與濃霧遮蔽了大半，但外面仍有些許日光，而萬物靜美。

第6話

在房裡靜候許久後，林冲離開，走向戶外，穿過霧氣與淡薄陽光。

孫二娘和楊志瞅著女孩面容帶著惘然與傷悲，也就明白了。

孫二娘趨前，輕撫林冲的肩膀。孫二娘指著楊志：「她是楊志。」

林冲認出，楊志剛剛在船上，就是她划著小船載她和孫二娘回到寶藏巖。但說是划好像也有點兒奇怪，畢竟船上沒有槳，船隻好像是自己動的，或者說是湖水有意念也如地推動船破浪前進。

楊志對林冲微一點頭，沒有言語。

「妳，」孫二娘問女孩，「有名字了？」

林冲躊躇幾秒，想著是不是錯了？是不是我不該進去？這樣她就不會離去了。

楊志突如開口道：「那不會是妳的錯。」

林冲愣住，自己的心思被猜著了，過去從來沒有人會去理她在想些什麼。

孫二娘接著講：「她很感謝妳。我們也是。她的生命已經到最後了。這些日子她都在等妳，是妳成全了她。她的身體因爲輻射病的緣故，已經難以修補。如果妳沒有抵達這兒，並接下她的名姓，她才會含恨而逝。」

她們都懂十四歲少女此刻在苦惱什麼，縱使林冲並未吐露。

楊志說：「同一者的生命是不滅的，她的命運與能量都還在妳的身體裡延續著。」

對於至今所聽聞的許多名詞，林冲無可知曉，但她明白地感受到溫柔心意。

倏然！

各條巷道裡擁入了近百位形色各異的女性。

林冲心裡有種直覺，可以到場的同一者都出現了。她們顯然都感應到婦人離世。

孫二娘輕柔拉起林冲的手，走到一旁。「我們讓讓吧。」

楊志往房裡行去，另外三名女子也走進屋內。

片刻，她們用一片木板抬著婦人步出。

「我們一起去寶藏湖。」孫二娘帶著林冲走。

林冲這會才曉得環繞寶藏巖的大水原來有個湖名。

所有人都保持靜默，眼神哀傷，但表情卻又都是平和的。

她們全數往寶藏湖邊行去。

途中，無人說話。

寶藏巖有著更多人影出現在各處，或達數百人之譜。也許全部的人都動員了。

寶藏巖人集結岸旁。她們要送甫辭世婦人最後一程。

楊志等人也緩慢地往前，態度敬重。

無人流下眼淚。

現場氣氛雖不免有哀戚感，但更多的是緬懷，甚至是祝福。

木板被放到寶藏湖。

林沖意會到，她們要爲曾經名之爲林沖的婦人舉行水葬。

楊志伸手一揮，瀰漫水上的霧氣立刻往外撤退。

大片日光俯照著婦人安安靜靜的臉。

抬著木板其中一名白膚女了，眉目明艷。她往前走，雙手驀然出現了一個木製鏟子，輕輕按著木板。奇怪極了，木板上就冒出了植物的幼芽，而後迅速長出根莖，乃至於花開粲然、綠草如茵。

「那是扈三娘。」孫二娘對林沖說。

林沖從未見過這麼多鮮豔的花草，更不用說它們會同時生長、綻放。

隨之身形較壯、短髮黑膚的抬板女子，手裡無中而有現出一鎖頭，往木板揮舞。

「她是楊雄。」孫二娘解釋：「她罩下一個看不見的箱子。」

最後一名則是個長髮及腰、手腳有著刺青、棕膚色的纖腰女性，逕自行入水中。猛然地，浪洶潮湧，然她卻滴水未沾，直至木板。林冲看仔細才發現，其所經之處，水皆自動退開了，像是會聽從她的號令。

「燕青。」孫二娘介紹著。

周遭的水紛紛退離，又在燕青身後圍繞起來，彷若她周身有個無形的球體。燕青雙手壓板，往水下穿行。水配合著燕青的行動，分開又再重聚，也就有浪濤奔騰之狀。燕青、木板和婦人轉瞬消失在水底。隔一會兒，水面恢復平靜。

良久後，湖浪波湧，燕青獨自分水而出，往岸上走。

楊志、扈三娘、楊雄連同燕青，一起離開寶藏湖，回到陸地。

很快湖面再度風平浪靜。

仍舊無誰話語，肅穆而寧和，再過一會兒，人群也就自行散了。

濃霧再回填湖畔，一切又是朦朧混沌。

第7話

土黃色的盆裡，艷紅鮮綠的植物迅速凋零、枯死。
而林冲身上的傷口驀然消失。
黑膚、方臉嘴大的安道全雙手離開地靈盆，輕輕吁出一口氣。
林冲不可置信地覷著自己的身體，四肢的新傷盡去，只留下一些舊疤。
「這都好了嗎？」孫二娘問。
年約二十五、六的安道全點頭，「大致都沒問題。所幸她體內無有大患。」
孫二娘開心拍手，「有全兒一句話，好了，就好了。」
伴在一旁的楊志也露出笑容。
安道全方臉上的琥珀色眼睛亮亮的，帶著哪還用說、十足信心的眼神。
唯林冲投以懷疑的眼神，欲說無語。
孫二娘立即明瞭林冲少女的念頭，神黯色淡。
楊志旋即也明白了。

安道全只顧說：「可憐這些花草了。待會得跟扈三娘再索些。」

林冲直視安道全，滿腹的疑問。

安道全一抬頭，不解地問：「莫非哪裡還有不舒服？」

林冲搖頭，只看不說。

孫二娘嘆氣道：「她還不能講話。」

「這就不是我的地靈盆可以解決的了。」

楊志接著說：「她不是在想這件事。」

安道全濃眉微挑。

「她八成是想問，如果你的賜力可以治傷，爲何前代會病逝？」孫二娘直言。

林冲立即點頭。

笑意從安道全的臉上急劇退去，她的琥珀色雙眼被憂愁佔滿。

楊志拍拍安道全的肩膀：「她還有許多事不明瞭，別怪她。」

孫二娘也說：「是啊，她是個好女孩。」

「唉。」安道全揮揮手，「妳們替我解釋吧。我先去找三娘了。」

安道全神情落寞，轉身準備離去。

林冲目光裡跳出歉意。她不是要責問安道全。在她成爲林冲的三天裡，這幾日安道全都捧著地靈盆，爲林冲療傷，她是萬分感激的。只是，只是——她張開嘴，卻什麼也講不出。

臨走前，安道全又說了句：「記得帶她去找蕭讓。她應該多少有些法子可想。」

林冲的神情急了，偏生口舌不合作，半個詞語也吐不出。

孫二娘勸慰：「別擔心，全兒不會擱心上。」

林冲對自己的不能言語委實氣急敗壞。以往是無所謂的，無法說話反倒輕鬆，在絕望的日子，溺浸在自己的沉默裡，反倒更能度過各種黑暗的時刻。但來到寶藏巖後，她接受了太多的溫暖良善，冰凍之心也就漸漸裂開了。

楊志望著林冲，「全兒的地靈盆只能轉移，不是眞的治癒。短期裡的病害與傷勢，她有法進行治療，但若是舊患或者內臟器官的疾病，她是無能爲力的。妳的前代天壽已盡，早是回天乏術。」

太多的名詞，太多的神異能力，林冲的腦袋發脹，難以消化。但她隱約明白，同一者的能力再奇妙非凡，還是有限度的。賜力無法解決所有的問題。林冲心智正在慢慢地吸收、整合各種情報。

孫二娘眼神哀切：「她眞是盡了全力，若不是她，妳的前代恐怕撐不了那麼久。」

林冲緩緩點頭，表示瞭解。

楊志轉頭望著孫二娘，「全兒的建議極好，我們應該去見見蕭讓。」

孫二娘對林冲說：「蕭讓的絕鋒能力相信能幫助妳更快理解，也許還能開口。」

林冲的眼睛有燃亮的意味。她感覺到期待：這就是希望的滋味嗎？

楊志突如眉頭一皺。

孫二娘熟悉愛侶的表情，「什麼事？」

「有人靠近了。」楊志像是在傾聽遠方的訊息。

林冲的視線望向門口，四周有語聲、腳步聲、風聲多種聲響，但不知道有何特殊。

孫二娘又再解釋：「只要有人在霧區，楊志都能感測到。這是她的絕鋒能力。」

啊。林冲恍然，這就難怪她到寶藏湖邊時，那濃霧簡直活體一樣的趨前退後。

「去看看。」楊志往外移動。

孫二娘、林冲緊隨在後。

她們奔下石路，全速馳往岸邊。

跑動時，林冲感覺到渾身都是爆滿的能量，感覺很怪，她好像變成一個全新的人。

寶藏湖就在眼前。

霧氣的最上方，陡然有七彩煙火炸開。

在暗紅色天空與密霧之間，煙花顯得又絢爛又詭異。

「是周通，猛獵小隊回來了。」孫二娘喊著。

她們停在湖邊。

很快地，陸續也有些人來到。

楊志向前，伸出雙手。

林冲這回看明白了，楊志的手上忽然冒出了灰暗色澤的手套。同時，她也注意到在施展賜力時，楊志臉上的青斑，也浮現了奇怪的圖形，而且像是會流動。林冲想著，自己也會有嗎？

這即是鋒擁吧——擁抱自己的絕鋒，施放自身的賜力吧。

濃霧如有生命地翻湧起來。

第8話

周通叫出自己的地空管，先朝空中射出警訊，再往身後的追兵發砲。
另一邊的朱富雙手緊抱大包袱，緊張兮兮。
宋萬悶聲不吭，守在朱富旁。
穿著天速鞋的戴宗殿後，正不斷施展她的賜力，干擾敵人的追襲。
還有一頭巨型老虎，在戰場上狂亂暴奔，撕肉裂體，讓人喪膽。
五人是猛獵小隊，剛從超臺北那兒搶了一批物資返抵寶藏巖。
身寬體胖的朱富叫著：「船怎麼還不來啊？」
高瘦、灰膚的宋萬板著臉回應：「急什麼呢！」
「人家都追來了。」朱富神色頗爲焦慮。
黃髮碧眼、膚色白皙的周通說：「放心吧，救援很快就來了。」
「哼。」宋萬嗤之以鼻，「他們根本不是我們的對手。」
周通也幫腔：「朱朱，用不著怕，有我們呢。」

朱富喊道：「如果惹出終截局的頭子，我們這幾個夠用嗎？」

宋萬、周通的臉色大變。

金黃的大虎在敵陣衝殺一輪後，折回後頭，嘴口爪牙都是血跡。

宋萬睨看老虎，「燕順累了？」

巨虎咆哮，吐出人語：「哪像妳可悠哉了呢。」

朱富也碎唸著：「有空暇酸人，怎麼不多使使地魔幡哩！」

宋萬暴跳：「就教妳們看看我的本事。」

宋萬往前急奔，臉上閃現圖紋，手裡就有了一支血紅魔字的白色喪幡。

突然整個視野就瘋狂變異——

天色猛然轉暗，世界昏黑，所有景物都忽然被濃灰的凶翳籠罩，恐怖的氛圍襲捲現場。以宋萬的地魔幡為中心，周圍都在癲狂旋轉，陰慘的意味竄升，而且無數的妖魅驀地現身，張牙舞爪地衝向敵方。

守在前頭、身形小巧的戴宗知機後撤，讓宋萬的絕鋒更能完全發揮。

湖邊此刻有成千上萬的妖魔大軍往敵方衝出，鬼哭神嚎群魔亂舞百鬼夜行之境讓敵方人人陷入極度驚慌，無以自己。原本集結的猛烈攻勢立即零散，難可為繼。他們忙著向後脫逃，潰不成群。

宋萬哈哈大笑，空中也出現龐大的吼聲，彷彿幾千頭野獸齊地咆哮。

政府軍更顯得人仰馬翻，每個人都被那些奇形怪狀的妖物駭得四處奔逃。

天速鞋消散——戴宗裸足回到姊妹身邊。

周通大聲叫好：「宋姊好樣的！」

宋萬可得意洋洋了，一頭黃髮張狂飛揚。

朱富粗眉揚起，冷哼一聲，但也是不得不服。

巨虎奇怪的一扭，戴著虎皮帽的紅髮白膚女孩旋即現形，沒好氣地翻了白眼。

宋萬見敵人心膽俱裂，乃大跨步前進，更賣力揮舞地魔幡。

戴宗趕忙阻止道：「宋姊留步啊！」

宋萬可不理會，她打算要讓那些混蛋傢伙被嚇得屁滾尿流。

戴宗眨眨眼，無奈中只得跟上。

猛獵小隊身後的湖面，忽然霧氣翻湧。

「好了，疾舟小隊來了。」朱富額手稱慶。

周通向宋萬、戴宗喊：「撤退了。」

宋萬置之不理，手中紅字白幡依舊招搖巨大的幻境之舞。

戴宗滿臉無奈啊，隊長難當。猛獄的隊員一個個都桀驁不馴。

此時！奇怪的蹄聲揚起，正極速逼近。

戴宗臉色大變。

第9話

戴宗的體型雖小，但整個人充滿決斷威勢，她暴衝往前，硬是扯住宋萬。

宋萬要得正盡興呢，一轉頭，看見戴宗的神色，狂熱的情緒立刻緩和。她們合作很久了，彼此之間默契也是足夠的。戴宗平常罕有端出隊長架子，但宋萬可一點都不敢看輕這位身高僅及她胸口、年紀也輕的隊長啊。

「宋姊，別玩了，上船。」戴宗的語聲裡有著不容反駁的悍然。

宋萬摸摸鼻子，只得搖散地魔幡，步行往後——幻境也跟著全數消退。

敵軍個個眼臉茫然，怪奇於方才的妖魔鬼怪都去哪兒了。

戴宗的銀髮飄揚，如臨大敵，孤自斷後。

宋萬回到周通、燕順、朱富等人身邊，沒好氣地碎念：「小戴是怎麼了？」

朱富聳肩。她只顧著船快到岸。

燕順、周通則是臉面肅然，專心諦聽。

宋萬還要再問時，耳旁出現奔蹄的聲響，不禁露出駭然之色。

「看見船頭了——」朱富回頭望見三人的表情，「妳們這是怎麼了？」

宋萬瞪著朱富，「就是妳這張嘴！妳自己聽！」

「說什麼呀妳——」朱富話沒說完，就聽到了姊妹們聽到的異響。

她們面面相覷。

朱富齒口打顫道：「來了，犛羊獸來了！」

戴宗全神貫注。

蹄聲愈發近，也就愈發大聲。

「妳們都準備好了！」戴宗大喊。

而寶藏湖上的大霧更加激烈地晃動，往岸邊奔湧。

宋萬等人的臉顏上都有各自的異紋映現，每個人的絕鋒也都在手。

燕順則是戴好虎帽，瞬息變虎，狂野咆哮。

赤腳的戴宗，也再度穿回七彩絢爛的天速鞋。

寶藏巖女子們嚴陣以待。

蹄音陡然消失。

宋萬、周通、朱富神色不解。

還是戴宗最先反應過來：「小心上面！」

空中突如有一黑影凶狠無倫地跳來。

巨虎伏低，猛然騰越。

兩條獸影飛快於半空交會，碰出激烈的撞擊聲。

巨虎倒飛退回寶藏嚴這一方，兩隻前肢濺血。

敵人則是安然落地——

那是一頭兩公尺高的怪物，人臉人身，頭上長有彎曲的羊角，下半身是獸形。更重要的是，或者說更詭異的是，他的臉是黃膚血肉，上半身卻是金屬的結構，有鋼有鐵有銅有金，像是胡亂拼湊的，但整體瞧來異樣威猛，魔物也如。

戴宗再往前站，攔在巨虎之前。

巨虎露出銳利齒牙，極度不甘心地低吼。

「燕妹，妳受傷了。」戴宗的聲音依舊冷靜。

巨虎吐露人語：「只是小傷。」

魔獸睥睨張看寶藏嚴諸女，隨後仰天狂笑，尖銳的金屬摩擦聲吹擊當場。

不止戴宗等人皺眉，政府軍那方更有許多人流露出痛苦神情。

吱吱咔咔的語聲講著：「妳們這群小偷，簡直找死。」

戴宗聽到划槳聲清晰可聞，而霧氣在身邊撩撥，彷若傳遞訊號。

宋萬悶哼：「不人不獸的傢伙。」

揅羊獸紅光噴射的眼珠直盯住宋萬，嘎嘎的笑著。

「噁心。」宋萬又補上一句。

揅羊獸踏蹄，「好傢伙。妳叫宋萬是吧！」

宋萬揚眉撇嘴，「老娘正是宋萬，又怎麼了？」

「嘰嘰。本獸逮住妳後，會教妳好好生受我不人不獸的能耐。」

搖了搖地魔幡，宋萬身前噴出一條揅羊獸的幻影。她讓幻獸跪倒在身前，又造出一條長鞭，抽打著哀嚎、在地面滾動的幻象，「哦哦，這就是大名鼎鼎的十二凶獸啊！好本事，好能耐啊！」宋萬樂滋滋地大笑。

揅羊獸震怒，四蹄狂踩，朝前狂奔。

第10話

擎羊獸是十二凶獸之一，而十二凶獸所管轄的單位是終截局——如今超臺北政府有三大統治單位，一爲聖赦部，二是星魔軍，終截局則是第三種。聖赦部負責攸關於萬劫的宗教事務，是靈魂的工作。星魔軍統籌超臺北的十四個圈域，由十四星魔個別管理一區，儼然圈域之王。所有內政、製造、法律、民生皆在星魔們的管治範圍內。而終截局則是收集情報、追緝逃犯等，十二凶獸分爲六凶與六獸，不像星魔，能夠成立自己的軍隊，凶獸雖也有人馬，但最多不超過一百人，他們的職務是偵伺，以維持內部的穩定爲主。

化外之地的寶藏巖，當然是政府的眼中釘。這些年來，終截局一直想方設法要剷除寶藏巖，然則有同一者的能力維護著寶藏巖，再加上寶藏人異常團結，完全沒有破口。終截局發動過幾次侵襲，但始終無法有所成效。

當一百零八名同一者在五年前齊聚寶藏巖後，超臺北當局更是無法可施。

其中，性情殘忍、粗暴的擎羊獸，尤其仇恨寶藏巖人。他嘯出尖利聲響，幾步飛躍，就到戴宗面前，雙手急扭，變形、重構成兩柄長達一公尺的尖錐，瘋狂亂刺往戴宗。

戴宗神色鎮定，她雙腳滑動，在高速戳刺的尖錐間，閃避自如，拉開一定距離。

擎羊獸怒叫連連，一邊加速旋轉長錐，一邊兩隻前足猛踹。

巨虎身軀趴低，四足用力，跳往空中，虎爪朝擎羊獸的臉部，威猛一擊。

周通的地空管也發動，煙火朝著擎羊獸的四肢狂掃。

擎羊獸頭抬角揚，硬是格檔巨虎的爪威，同時四蹄疾走，絢爛煙花的襲擊頓時落空。旋即，他瞬移到戴宗左側。即便以一敵三，仍勝券在握的模樣。擎羊獸的肉臉舞動著瘋殘的笑意，手錐朝左方痛甩。

同一者們再動作也都來不及了，戴宗似乎就要死去，但奇怪的是她們臉上並無驚狂神色。對照擎羊獸的凶軀惡體，戴宗顯得無比身小體弱，偏生她如若駭呆了，雙腿併攏立定，一點動作也無，眼看戴宗就要性命不保了。

此時的戴宗不跑也不逃，面向擎羊獸突如其來雙足大開。

然則，怪絕之事發生了——擎羊獸陡然就往後退遠數步之遙。他的神情驚愕。

戴宗側頭瞅著，臉上似笑非笑。

擎羊獸更趨暴怒，蹄足再起，狂飆一動，雙錐直戳。

唯同樣的異象再度上演！

戴宗雙腳一合、一開，莫名的，擎羊獸簡直像是聽令似的被扯退數步。怪誕的是，擎羊獸並沒有做出後退的動作，其他人也都沒看見，好像他本來就是在那裡，從來沒有往前過。而他肢體也確實在運作，只是從結果來看，像是對空氣發動攻擊。

猛獵的隊員們露出早知會如此了的表情。

不能欺進的擎羊獸也就愈發暴跳如雷，傾軋的金屬話聲吼著：「妳做了什麼？」

戴宗瀟脫地一聳肩，一副我才懶得回應的可愛模樣。

擎羊獸疑懼著，正想要不要再試一回時，大霧驟然整片推前，埋沒了戴宗等人的身影，而且霧中有著諸多人影躍然。縱是膽大心狠如擎羊獸啊，也不敢犯進，生怕遭受伏擊。

霧湧，霧又退——岸上再也沒有了寶藏巖人的蹤影。

「以萬劫之名！」擎羊獸狂吼：「妳們終究逃不了，一個一個，都要死在我蹄下！」

第11話

坐在船首的林沖，默然地望著船上的猛獵小隊——朱富喘著氣，一副「逃出生天、好險啊」的模樣。宋萬則是面無表情地瞪著密霧，不發一語，像是在生悶氣。黃衣黑褲的燕順梳理著一頭艷火也如的紅髮。周通那雙藍眼珠直勾勾地盯著林沖，眼中都是好奇。戴宗最淡定，像是正賞遊湖上風光，即便眼前煙濃霧烈。楊志與孫二娘親親密密貼在一起坐著，享受靜寂。燕青獨坐於船尾，她一臉索然地望著前方，臉面有圖紋浮現又隱。

不同於早前林沖被接回寶藏巖的小船，這艘船大上幾倍，能夠容納十餘人。最離奇的還是無人操槳，但船卻平穩地往前滑動，因爲湖浪一波又一波在後頭推動著。林沖明曉，這是燕青的賜力、絕鋒在運行的緣故。

船上沒有人說話，一片沉默，軟綿綿地捲住同一者。

更近距離地觀看燕青，林沖發現，那些繁亂地爬滿她棕膚色的刺青，其實並不是圖樣，好像是字。林沖認不得文字。但她知道那些應該是字。燕青在身上刻字，由於刻的字太密了，甚至疊合，所以遠看像是圖形。

林沖的視線移向戴宗。方才在楊志撥雲見霧、迎接猛獵小隊時，林沖看得分明，戴宗不知道怎麼辦到的，擎羊獸就是無法接近她。戴宗的絕鋒能力是什麼呢？除了速度很快外，好像還有別的。她很想問清楚，但口語在自己的身上還是死的。

而後林沖與周通的目光對上。周通對她眨眨眼。

林沖不知該怎麼反應，只能木然以待。

快將靠岸時，周通忍不住打破沉默：「怎麼有個小妹子在船上啊？」

孫二娘這才省起，「啊，我沒有介紹嗎？」

周通翻了白眼：「妳就只顧著楊姊啊，哪裡理會我們了？」

孫二娘側頭微微一笑：「所以，要我繼續嗎？」

「繼續什麼？」

「跟楊志親熱啊。」孫二娘理所當然的說。

周通的白眼就要翻過她那一頭黃髮，翻到九霄雲外了。

朱富嚷道：「千萬不要。」

燕順也喃喃著：「眞的不用。」

楊志豪邁地笑了起來。

戴宗嘴角含笑：「還請二娘放過我們。」

「太遺憾了，眞的。」孫二娘露出可惜的表情。

滿臉悶的宋萬斜眼掃視眾人，冷哼。

燕青還是繼續滿不在乎。

旋即，孫二娘神色轉爲肅然。

猛獵小隊還在奇怪時，孫二娘開口說了：「她是林冲。」

這四個字造成猛獵五人不小的衝擊，她們當然清楚那意味著什麼，寶藏巖只會有一個林冲——戴宗頓時失去笑意。朱富臉上一垮。宋萬則是眼神哀傷。燕順撫髮的動作停止。周通神情黯然。

本就知曉、也在場的楊志與燕青什麼都沒有再多說。

而林冲忽然覺得自己身在這裡，好像是錯的，好像活著的人不該是她。

船已到岸。

第12話

船靠岸，湖面恢復風平浪靜。

有些人在岸上等著，包括安道全，負責治傷的她當然必須在。

眾女依序下船。

朱富一踩到地面就邊嘆氣邊將扛著的包包甩下。

安道全視線巡梭，望定燕順臉面的傷口。

「只是一點小傷啦，自己會好，不用害了花草。」燕順說。

安道全感激地看著燕順。

站在一旁的扈三娘，嘴角綻出艷麗絕美之笑。她的手往前遞出。

一朵鮮白的花平空而現。

「謝謝三娘。」燕順接過白花。

孫二娘在林冲耳邊解說著：「全兒和三娘都極愛植物，把它們視爲生命，若非萬不得已，她們是不樂見花草因爲轉移人們的傷勢而凋零枯萎。寶藏巖的一花一草都是三娘的賜力所生。她其實是這片土地的聖母哩。」

林沖正在設法明白這一切，與超臺北生活截然不同的一切。

而戴宗定定望著最後下船的燕青。

燕青似曉得其心意，顏臉浮出異紋，她擺擺手，湖水激湧，往遠處退出。

孫二娘沉聲說：「猛獵要去憑弔。」

憑弔？林沖不懂。

而浪潮持續在後撤，並於距離一百公尺外堆積成一片巨大的長牆。

林沖瞠目結舌。

同時，楊志的臉上也有圖紋流露，一百公尺內，瞬息間沒有了撩亂迷霧。

湖底露出。

燕青往下走，猛獵小隊靜默跟著。

湖底處散布著許多木板，每一片上頭有躺著一具軀體，形貌清晰，無有腐壞。

「不止是同一者，所有寶藏人都在湖底沉眠，與永無同在。」孫二娘說道。

林沖不自覺地歪著頭，這些人都是剛死嗎？她也看過屍體，會潰爛會長蛆會有血水會只剩下骨骸。但眼前目睹的她們，全都完好無缺，形貌安然，像是長眠一般，似乎轉眼間她們就要醒來。莫非，寶藏人不會死？林冲的眼底長滿疑惑。

楊志注意到林冲的滿臉不解。楊志從旁解釋道：「楊雄的絕鋒能力是，當她使用天牢鎖時，可以罩下看不見的箱子，同時又能把空氣抽乾，是以，人體就只會膚色黯淡，但不腐爛。」

燕青領著猛獵小隊走到定點，那曾經名爲林冲的婦人，表情安詳地躺著。

戴宗等人默然瞅著，神情哀戚。

岸上的人們也都同樣肅穆。

隔一會兒，戴宗對燕青微一頷首，率性返回。猛獵小隊隊員緊隨在後。

燕青走在後方，回到岸邊，雙手又一揮，圖紋若隱若現。

高聳遠長的水牆，旋即崩塌，湖浪奔騰如萬馬。

片刻。寶藏湖恢復了平靜，霧氣重新密布。

戴宗轉過頭，直視剛成爲同一者的十四歲少女：「林冲，我是戴宗。」

林冲不知該作何反應。

「林冲，我是周通。」

「林冲，我是宋萬。」

「林沖，我是朱富。」

「林沖，我是燕順。」

林沖也就一一得知猛獵小隊的姓名。她們顯然很快就接受了這個事實，沒有任何障礙。這是同一者的宿命。在永無的祝福下，身軀會死去的同一者，因爲繼承者的出現，又是不死的。

但問題是，少女心中生起了疑懼：成爲林沖，她眞的有這樣的資格嗎？

第13話

掛有寶藏巖三字的紅色石造建物前，有一處廣場，此時有許多寶藏人聚集。

朱富把背扛的大包袱打開，手往裡頭掏，魔幻一般的接二連三取出事物，有衣褲裙帽鞋，也有食物，乃至各種器具，更有好些林冲根本不認得的，很快幾百樣就堆滿地上。

林冲不解，明明就是一包袱，爲何能夠裝進如是之多的東西？她眨眨眼，要確認自己是否有看錯。但確實朱富還在挖著，好像還有呢。但旋即她也就瞭悟了，朱富的絕鋒一定是能夠把遠遠超過包袱可以容納的事物收進去。

孫二娘繼續扮演類似嚮導的角色，「朱富的絕鋒是地藏巾，要放多少東西都可以。」

朱富一邊探拿，一邊喊叫：「各自來取啊。」

於是，寶藏人紛紛往前拿走想要的物品，但情況並不混亂或搶奪。若有想要的，就會互相討論，看誰更需要。比如孫二娘看中紅色的圓鐵鍋，煮食師閻婆惜也有興趣，孫二娘二話不說就轉讓給閻婆惜，僅拿走陶瓷烤盤。又或者是鞋子，每個人都自行分配，包含赤腳的戴宗趨前，對其中兩雙鞋顯得大有興趣，那甚至有鞋盒，上頭有略顯模糊的DAME6、XXX4字樣。其他人皆笑她鞋痴，也不跟戴宗爭，讓她取了。

戴宗從盒中拿出鞋子，一雙是紅黑色，一雙是白黑色，愛不忍釋的模樣。

林冲定睛一望，那鞋根本已破爛，底部與鞋身分離，鞋體也已剝落。

戴宗卻珍重地捧著兩雙鞋，連鞋盒也拎著，向著坐在廣場的一人走去。

戴宗說：「杜姊姊啊，勞煩妳了。」

戴宗說話的對象是一名右頰、額頭與脖子滿是燒傷痕跡的中年女性。

孫二娘為林冲說明：「那是杜興。妳等等就能見到地全箱的威力。」

杜興對戴宗沒好氣地講：「這又是什麼鞋？」

「紅黑色這雙我第一次看見，但真是漂亮啊，對嗎？等會兒去請教西門大哥，數字6前的四個怪語怎麼解？」而後，戴宗難掩興奮：「至於另一雙，應該是空氣舊丹第34種，妳先幫我復原，我才能確定哪。」

杜興搖搖頭，無可奈何，臉上異紋流動，身前出現一像是棺木的長方體。杜興打開箱體，裡面什麼都沒有，她要戴宗把鞋子放入。戴宗不止放入了兩雙鞋，也將鞋盒擺進去。一旁也有幾人也跟著置進破損的物件。

杜興闔起箱子，容顏圖紋閃現，長方體驟然發光。隨後，杜興打開長箱。

戴宗滿意地將鞋子與鞋盒捧出來，其他人也跟著取出。

林冲看明白了，就像安道全的地靈盆僅能夠轉移短期內的傷勢或疾病，杜興的地全箱則是能把物體完整地復原——所有擱進去地全箱的物體，悉數修復好了，連鞋盒旁邊的標籤也完好無缺，其中一個上頭印著AIR-JORDAN XXXIVPF。

戴宗歪著頭看著標籤說：「果然沒錯，是空氣舊丹，但34後頭的怪語是什麼意思？」

杜興聳肩：「我可不懂怪語。倒是這鞋子看起來不是妳能穿的。」

標籤上除了怪語外，還有幾個數字，字型最大的數字是10。另一個鞋盒則是7.5。

戴宗說：「眞遺憾我的腳這般小。不過，沒關係啊，空氣舊丹不能穿，還有這雙紅黑鞋勉強可以套。」

「妳爲何這麼鍾意這些鞋子？」杜興突然問道。

戴宗笑著說：「不覺得它們很像是同一者嗎？」

杜興挑眉。

「它們有同樣的名字，但這一代與下一代長得不一樣。」戴宗如是說。

聽見戴宗這樣子的回應，林冲對那些有怪語名字的鞋子也頗有好感。至於怪語是什麼，她仍無概念。她對寶藏巖發生的一切，總是有著隔閡，如同湖上的迷霧，總是似懂非懂，不太能確實掌握。

而孫二娘忽然上下打量林冲幾眼後，往朱富那邊行去，從裡面翻揀，又走回來。她拿著一套素雅的白色裙裝，在林冲身上比劃——林冲仍舊穿著先前、難以蔽體的破爛衣服。孫二娘講道：「妹妹也該換穿套新衣物了。」

林冲這才發現，寶藏人的衣服非常多樣，顏色也頗爲繽紛，而且完整。比較起來，自己身上的衣物根本是破布啊——在超臺北，女性大多像她那樣裹著幾塊布，只有男性有軍裝可穿。領會到這一點的林冲，兩頰也就羞紅起來。

第14話

最後，朱富從地藏巾裡，捧出幾隻生物。

那是什麼？會動，也會叫嗎？有些發出「喵」，有些是「啾」，而且還會飛。林冲大感震驚，除了人以外，林冲從來沒有看過其他動物。她聽說過，人類也是動物。但這次是頭一回她眼見爲憑。但就像文字一樣，林冲一個也認不得，包含剛剛燕順化成的巨獸，名之爲何，她亦毫無概念。來到寶藏巖，最令林冲難受的是她的無知。未知的事物充斥在眼前，她心中的自疑也就越來越濃郁。

朱富將地藏巾全數攤開，裡面空無一物。朱富也沒有做出什麼動作，那塊奇異的布，就一點一滴消隱，像是有誰把它從空間裡擦拭掉。最後，她臉膚飄動也如的怪紋也跟著隱沒。

那些不知名的動物站在地上，滿臉驚恐。人群裡有一長臉的女子走出，年齡該是五十左右，膚色有些怪，略帶紫。林冲以往在超臺北見過各種膚色，大多是黃膚，其次是棕色，而後白、黑、紅膚等等，但紫色皮膚，從未得見。

孫二娘的話聲又在耳邊響起：「那是皇甫端，她的絕鋒是地獸鈴。」

林冲再細看又發覺，皇甫端只有臉是紫色的，其餘部位的膚色都是白皙清亮的。

皇甫端左手一晃，掌心就有一個青銅色、刻滿獸形的鈴，她對著地獸鈴細語，然後搖動。所有的動物驀然鎮定下來，有些本來已經準備逃竄的，瞬間也都不再動作。牠們的眼睛望住皇甫端。她又對鈴細語著，鈴聲再起。牠們全數伏地，表情寧和，毫無躁動。皇甫端一邊起步，一邊對地獸鈴說話，且第三度搖鈴，動物們自然而然地跟在她後頭。

林冲對皇甫端的絕鋒能力大感好奇，她能夠控制動物？但為什麼要對鈴講話？

朱富喊著：「皇甫大姊，記得把貓領去吳用姊姊那兒。」

皇甫端揮揮手，回道：「曉得了。」逕自帶著七、八隻動物離開廣場。

朱富瞧著寶藏人將地上事物都選走，一臉心滿意足的模樣。

不消多久，東西就在平平和和地協商下，分配完了。有缺損毀壞的物件，也都經由杜興的地全箱修復完畢。寶藏人以及猛獵小隊，一個個離開了，回到各自的坡間小屋。

林冲見證到寶藏巖穩定、理性的生活風貌，跟超臺北日常的爭奪截然不同，一切都是和諧的，大家都親切而且願意禮讓，各取所需，不貪不婪，不是那種非要囤積更多不可的態度。

孫二娘忽然發聲喊住一人：「蕭讓，等等。」

蕭讓抱著書、紙和筆，瓜子臉，長著兩條濃眉，戴著眼鏡，年紀約莫三十上下。

林沖瞧著蕭讓眼睛掛著的，又一個她無以理解的事物。但蕭讓這個姓名，她不是第一次聽到，先前安道全有提議，要她們去找蕭讓，說是能夠解決林沖的失語問題。然林沖完全不懂，蕭讓能夠做什麼？命令她開口嗎？

來到寶藏巖，讓林沖意識到她在超臺北，一直是以勞役的方式活過來，執行上層的指示，在工廠裡製造生產日常用物，等待被某名男性挑走——她是下等人，是最底層的奴隸，保持沉默是最安全的。沒有人會在乎她不說話、不表達，實際上這樣更輕鬆，她只要聽，只要做就對了。愈是安靜，就愈是好管理。直到她被某股力量喚醒並來到寶藏巖以前，她從未覺得無語有什麼問題。唯此刻的她有太多事想要瞭解，她確切想要開口詢問，但卻沒有詞語可用。因爲她根本沒有受過說話的訓練。

她只能在自身的緘默裡，持續著無話可說的悲傷。

第15話

蕭讓的濃眉很引人注目，好像能說話似的，表達情緒方便已極。她的眉毛此刻瞧來就是憂愁味滿盈，「二娘啊，我忙著要去讀書，好不容易朱朱拿回幾本古書，我得先研讀，若不急的話，晚一點再說好嗎？」一邊說，一邊繼續走。

孫二娘一把扯住蕭讓，「慢點。」

「我不想慢啊，我要快一點。」蕭讓的眉毛下垂，一副著火了似的模樣。

「這都是些什麼書啊？」孫二娘不放手。

「《盲目》、《老人恐怖分子》、《世界就是這樣終結的》、《匡超人》、《午夜之子》。」

孫二娘眨眨眼，「都講些什麼？」

「我都還沒讀哩。」

「妳既然還不知道它們是怎麼樣的書，就用不著十萬火急。」

「唉唉唉。」蕭讓仍是滿臉恨不得快馬加鞭返回家屋讀上千遍的著急。

林冲往前拉住孫二娘，望定她，擺擺手。

這還是林冲來到寶藏巖，頭一回主動接近呢，孫二娘笑了。

楊志則在旁補充：「蕭讓萬分沉迷閱讀古書，倒不是真的情勢危急。」

林冲搖搖頭。

孫二娘明白她的意思，「不會勉強蕭讓啦，冲妹放心。」

楊志開口：「蕭讓，妳就幫幫手。」

蕭讓無可奈何，「我能幫啥？」

孫二娘與楊志對看，似乎也不知曉從何著手。

「全兒讓我們來找妳，應該有她的用意吧。」孫二娘凝視蕭讓。

蕭讓的雙眉斜起，滿滿疑問。

楊志：「她不能講話。若是生理問題，全兒應當會讓我們去找癒術師。」

蕭讓的視線從孫、楊二人移到林冲身上，她嘆氣：「真是拿妳們沒辦法啊。」蕭讓萬般不捨的放下手上的書紙筆，雙眼底是依戀，似乎那些書是她憐愛無比的情人似的。隨後，她的目光轉到林冲臉上：「我用地文筆試試看吧。」

筆？筆能讓她說話？林冲頗感好奇。

圖紋在蕭讓臉頰上浮現、流動，一枝筆同時也在她手上成形。筆身為黑色，前端是白色筆毛。地文筆自行於蕭讓手中旋轉，她手一翻，握定了筆。蕭讓趨前，問林冲：「我臉上戴的東西叫什麼，妳可曉得嗎？」

林冲自然搖起頭。

蕭讓腕扭筆轉，「我就給妳詞語吧。」

林冲依舊莫名所以。

地文筆一揮，疾走龍蛇，空中就有了一大團墨水，濺向林冲。

林冲眼睜睜看著墨汁滴在身上，一沾到皮膚，瞬即消隱。林冲還弄不清楚蕭讓所作所爲時，腦中忽然一亮，彷若有百種靈光劃破腦際，霧中風景得以廓清。林冲忽然就曉得了，蕭讓、楊志、孫二娘、寶藏巖、絕鋒和賜力等是哪些字，與及她們的地文筆、地壯菜刀、天暗手套，還有蕭讓雙眼前的圓形事物名爲眼鏡，凡此種種。

而且林冲還連帶明白了蕭讓的絕鋒能力爲何，那是對詞語的操控，可以增加，也能夠削減人腦中的詞語，包含文字、發聲與概念——每個詞語的構成，都是知識，也是概念。一旦林冲擁有那個詞語，也就意味，她同時掌握它所具備的知識。

第16話

夕陽西落，林冲的意識裡，被蕭讓的絕鋒塡入了許多語詞，像是腦子神祕地啓動，其心智視野大開，她朦昧混沌的意識，對此日發生的一切也就有了大致理解，不再神飄魂搖，莫知所以。

而後，孫二娘拿出幾顆手作包子，讓林冲飽餐一頓——這是林冲十四年人生裡頭一回吃到這麼美味、餡料滿滿的包子。從遭受追捕的危難，與及來到寶藏巖所經歷的太多衝擊，林冲一直備受威脅，根本意識不了多時未食的事，何況超臺北生活早就磨練她異常習慣飢寒交迫。但二娘包子完全誘發了深藏體內的飢餓，她狼吞虎嚥，身體的每一個細節都在吶喊著，要更多更多。最後，林冲吃掉八顆肉包。

再來，林冲就被帶到澡屋。山坡小徑間散布房宅，其中幾間是澡堂，裡頭有獨立的澡室，以及大型浴池。原來自己也能泡浴啊，林冲又是一陣不得了的驚愕。在超臺北啊只有上等人才有可能進行泡浴。畢竟，水是無比珍貴的資源。因爲輻射塵從四面八方無盡地落下的緣故，即便有赤網阻攔，但雨水仍舊不宜直接使用，必須經由獨特的過濾系統，將輻射污染排除，才能取來喝飲與洗浴。

如林冲這般的低階女性，一生幾乎沒有機會泡澡，就連沖洗，也是三天僅配給一小盆，必須珍而重之。印象中，僅有非常少數被上等男性寵愛的女子，方有大桶水淋浴的境遇。方才孫二娘看著林冲望著浴缸中的水發呆，似乎以爲她是擔心有沒有過濾乾淨的問題，還跟林冲仔細解釋過，同一者中的孫立，其絕鋒能力能夠操控各式病毒、細菌與汙染，予以妥善清除。是以，在寶藏巖，水是絕對不會有問題的。

林冲將破爛的衣服脫掉，以溫熱的水洗淨後，此刻獨自在澡缸裡泡著。夜已深，屋裡僅有一盞燈火，一切平和靜好得不可思議。她前所未有地感覺到安全，無須擔憂下一刻會有鞭笞虐打，也沒有人會對她下達各種困難且羞辱的指令。她不是一名奴隸。超臺北是加速的世界，跟寶藏巖截然不同，總是有人讓她忙碌，幾乎停不下來啊，一直做著各種勞務工作，惶惶度日，哪裡有空餘能夠如眼下般的清閒悠緩。

在寶藏巖裡，林冲卻可以慢下來，甚至有時間跟自己說話，聽自己說話，而不會時時緊張憂愁焦慮惶恐驚駭。今天眞是漫長的一天啊。到寶藏巖不過一日，但林冲的生命體驗忽然被擴展到無以適從。太多全新的體驗到來，如若詭奇的夢境。

這些都是眞眞正正在發生的事嗎？暖和的水正包圍著她。那種不眞實感也就漸漸離去。她越來越確定不是幻覺，不是心智構造出來的遁逃場所。林冲安坐不動。澡缸的水面靜止，她看見自己的臉。

一張長得不差的臉。但嬌媚不如孫二娘，更不用說比得上扈三娘那樣教人驚艷難忘的容顏，也不是楊志那樣英氣颯颯。望定自己的臉，林冲想著，這是一張中性的臉吧，不特別陰柔秀麗，也不陽剛帥勁，就只是一名十四歲少女的臉。

普通的臉，普通的女孩。

林冲在此之前很少關心自己的容貌，因爲沒有意義。她只是一件物品。但來到此時此地，她感覺到心中有好些東西正在浮昇飛湧。更多的情緒，激烈的憤怒的哀傷的痛楚的寂寞的溫暖的……

有些話語想要被說出。是的，林冲破天荒的感覺到自己想說話的意願。也許，眞的也許，她在這裡能夠做回她自己，做回一個自由的人，一名完整的女孩。這不是幻夢吧。

她是她自己了。林冲試著告訴自己，我就是我自己。

她小聲地對水面裡的女孩講出：「林冲。」

第17話

醒來。林冲在輕柔地漏進屋裡的光線中醒來，雙眼睜開。臉上還有一絲不可置信的表情，隨著意識的回填，也就慢慢撫平。她起身，拉開輕軟的棉被。林冲坐在床邊感覺此刻的眞實，略微用力地摸摸自己的臉。

這裡不是虛妄的，她就在這裡，不在超臺北，在寶藏巖裡。

來到寶藏巖已經數日，林冲每天都要去找蕭讓，好讓她在林冲的腦海裡寫入更多詞語。當林冲認得的詞語愈是多，她就愈能理解眼前的世界，無論是寶藏人的生活模式與思維，抑或同一者的奇怪能力等等，林冲漸漸能掌握全貌。

而最教她驚奇的是，寶藏巖一視同仁，無論是同一者或其他寶藏人，悉數能夠按照自身意願過活。同一者並沒有高過於其他寶藏人，實際上同一者只是寶藏巖眾多職業、生活方式的一種而已。無怪乎孫二娘會對初來的林冲說出「寶藏巖沒有階級，也沒有位階。這裡的所有人，都是平等的。」那樣教她費解的話。但這千眞萬確是眞實的情況，不是理想，也不是宣告，而是紮紮實實的寶藏巖日常。

林冲也發現寶藏巖裡有少數的男性，譬如用字師潘金蓮就是男子，但長得秀美無倫，一對欲語還休的鳳眼眞是能勾死了人。林冲一開始還覺得這樣的地方也有男人，頗覺怪異。但幾天過後，她很快就發覺，他們都是不見容於超臺北生活的男子，大多是個性陰柔，不喜暴虐的手段，又或是深愛妻女的男性，也就攜家帶眷逃離了超臺北。寶藏巖亦有好幾對男性戀人，但無人驚怪，一切皆隨自然。

這世間怎麼會存在這樣一個奇特而美好的地方呢？如何可能？

每多過一天寶藏日子，林冲的心底也就又多了一些篤定和堅實。她在這裡是有位置的，是一個人，不是物品，不需要時刻擔心被廢棄，被不知幾時會猛撲上身的暴力與死亡隨便地捲走。

走出她的房子。林冲來到室外。她望著環繞在寶藏湖上的大霧，四面八方籠罩，形成獨特的保護網，甚至寶藏巖的上方也有雲霧撩亂，否則只要超臺北人站上制高點，就能輕易掌握此地的虛實。

操控霧是楊志的絕鋒之力，她能夠讓大霧覆蓋住整個寶藏巖。同時也能形成警戒網，只要有人踏入霧裡，就會引發楊志的注意，神妙異常。據她所言，那感受如若觸膚。霧與觸覺的關係，林冲覺得不容易想像，但賜力與絕鋒原就是不能思議的力量啊。不管是地壯菜刀的塌陷、地靈盆的轉移疾病能力、地強帽的化身爲虎，哪一個不是教人嘖嘖驚奇呢！

寶藏巖外有寶藏湖圍繞著。寶藏巖底下，原都是道路、住家，但在某次驚天暴雨後，汀州路、基隆路、羅斯福路、新生南路等大半都被淹沒了，且附近的長橋早損毀已久，再加上地震後寶藏巖不知怎麼地就被推高，就變成易守難攻的要塞。

林冲眺望超臺北，確實看見好些長橋在重霧中若隱若現。據說，在末日大戰以前的古臺北，人可以乘車在其上奔馳。她覺得這件事比賜力、絕鋒更難以相信啊。但林冲知曉自己還太年輕了，眼界狹窄，有許多東西根本一無所知。

她可以學，她還有很多東西想認識——世界很大，不管是知識還是技術，林冲都有興趣，內在生起了前所未有的好奇心，不再是死灰，不再是那樣無有出口的絕望。生命力正噴湧。

她感覺得到活著的事實，而這其實是無比珍貴的啊！

第18話

林冲眺遠後，回過頭看自己的磚石屋子——自己的房間，聽來多麼好，有一個屬於自己的地方，心中有股湧泉，要從死井裡炸出來。但林冲還不習慣情感。是的，她一直被各種現實暴力逼迫著壓低、取消自己，直到此刻，她方能夠直面體內的情緒之泉。她不是物件。她不是任人使用、遺棄的東西。只有自己才是自己的，林冲很快覺察到人生的第一定律——

沒有自己，就沒有別人。

石屋與水泥、鐵皮房，那是差距了十萬八千里。她還住在超臺北時，如她般的女子悉數都是住在水泥與鐵皮房裡，燠熱或凍冷的天氣，眞會讓人瘋狂。但到了寶藏巖，石房子就有調溫效果，住起來是無與倫比宜人啊。林冲對自己的住屋十萬分滿意，甚至有點依依不捨哩。不過，該做的訓練還是得做。林冲猛地轉身，離開安樂窩，往孫二娘、楊志同住的房屋行去。

她站在刻有楊志、孫二娘專屬圖紋的門口——楊志的部分如霧又如獸，孫二娘則是凶惡的夜叉。林冲輕扣門。孫二娘爽朗語聲響起，「冲妹妹進來，陪我和妳楊姊姊一起吃早餐吧。」

林冲推開門，行動不再如之前諸多畏縮遲疑。她進到楊、孫二人的居屋，比起林冲的房間，此間布置可花巧多了，有許多器具、家具，牆面也貼著美麗的壁紙，甚至有餐室、臥房、廚間、廁所等。林冲心想著，好大啊。

而後，她若有所覺地凝望房屋，隱隱約約，有種不能明言的直感，總覺得此地的空間比較大，該怎麼說呢？林冲整理自己的思緒，主要是寶藏人眞的不少，就她所曉得的，恐怕有幾百人吧，但這裡都是些石頭小屋，即便再往上更高的小觀音山一帶，也搭建了爲數不少的竹房，但仍舊不能應付吧。但似乎寶藏人的出入住居都不成問題，每個人都有足夠的空間。像楊、孫兩位姊姊的房間，外觀上小小的，內裡空間卻頗爲寬闊。林冲無從解釋，只能說這亦是寶藏巖的神奇之處。

而滿室的香味正迎面衝來啊。

廚房裡的孫二娘對林冲露出關愛的笑容，「妹妹睡得可都好嗎？」

林冲點點頭，眼底是閃亮的。

楊志招手，指著方桌的另一邊，「坐吧。嚐嚐二娘的手藝。」

孫二娘從廚房端出一鍋熱粥，林沖就要上前幫手，二娘說：「不用不用，妳坐吧。」

林沖也就聽話地落座。桌上有五道菜，她只認得早前吃過的包子，其他是前所未見的。楊志面無表情，語氣淡淡的，但難掩驕傲：「二娘可不是只會做包子而已，這些是蒸野菜、甜辣炒雞、翻煎湖魚酥、鮮筍燴，包準妳沒吃過這等世間美味。」

孫二娘聽得楊志的讚揚，親暱地拍了一下她的肩，「哪有人如妳般誇上了天。」

楊志卻理直氣壯：「好吃，真是天下一等一的好吃。」

二娘眉開眼笑，臉上都是溫柔，「等等記得請李逵招風，驅一下室內的氣味。」

楊志點頭表示知道了。孫二娘則突然想到了，對林沖講著：「如果妹妹覺得房子裡有味道不散，可以找李逵姊姊幫妳，如果濕氣太重，就要請李俊姊姊。」

林沖一方面感知著兩位姊姊的柔情蜜意，另一方忍不住直眼盯著餐桌的食物，香氣撲鼻，她感覺到口舌腸胃都在翻攪。這幾日在寶藏巖，每天有得吃食，就已經再滿足不過了。眼下卻又讓林沖更為驚奇，她從不曉得一桌菜是什麼模樣。過去她在超臺北只能吃冷食乾糧，鮮少看過熱騰騰的食物，當然對飢餓也司空見慣了，但此刻她飢腸轆轆啊，眼睛似乎都要破眶而出，嘴中的唾液無限地分泌。

楊志對孫二娘抬了抬下巴，示意她趕緊給林冲碗筷。孫二娘立即到廚房裡張羅食具，並為林冲在碗中添了粥。楊志則起身替二娘和自己填好粥米。孫二娘帶著暖暖的笑意，「妹妹快吃吧，別客氣。」

林冲拿著碗，手上死死地握著被放著的筷子，不知如何下手。所謂的筷子是做什麼用的，藉由蕭讓的詞語填入她已經可以明白了，但實際上她從未拿過筷子，根本無從用起。

孫二娘忽然領會過來，改去拿了根湯匙，遞給林冲，「用這個吧。」且示範地拿穩筷子，幫林冲夾肉取菜，置入林冲的碗裡，期間她臉上滿滿欣慰狀。望著孫二娘猶如母親般的表情，楊志一邊心中歎息，一邊也很慶幸有這麼一名女孩到來。

先把一塊炒雞放入嘴中，又甜又辣的感覺爆裂開來——林冲難能置信世界上會有這等豐盛的味道。來到寶藏巖後，她已不知有多少回驚喜了，無可計數，每一種都讓她的世界一次又一次的翻騰起來，所有的認識都在顛撲飛旋。每一種認識都是嶄新無倫的。她好像受著什麼眷顧一樣，周遭的事物持續在發光。一切都值得體驗，一切都充滿祝福。

林冲一口接著一口，不可釋手。不管是炒雞還是翻煎湖魚酥、鮮筍燴，風味濃郁又鮮甜，各有各的美味，蒸野菜也帶著山林感，讓林冲難以自己，白粥的軟硬適中，黏度恰到好處。每一個食材都有它獨特的質地，但又被組成一個完整的滋味。

孫二娘瞧著林冲狼吞虎嚥的樣子，表情滿足，不住地挾菜肉給她。一直比較酷硬的楊志，眼神何其溫柔地凝望著此刻場景。只是一頓早餐，但她和二娘不都一直在期待這樣的時刻到來嗎？有個小孩一起吃飯，一起過著普通人的生活。

而淚水突如就來到眼中，林冲不知道該怎麼說，她低下頭，一口接著一口地吃，也吞落了自己的眼淚。是幸福嗎——蕭讓放在她腦中的一個詞語，在閃亮著。這就是幸福嗎？有誰珍惜著自己，全心關愛著自己，幸福，這就是幸福的感覺嗎？

林冲哽咽了，手嘴的動作停頓著，她抬頭望著孫二娘、楊志，滿眼是淚。

孫二娘神情驚慌，「妹妹，怎麼了？燙著了？有什麼味道不對嗎？」

楊志也有些慌張了。

「好——」林冲忽然開口。

孫二娘嚇了一跳，「妹妹妳！」

楊志倒是變回了鎮定，只是眼中有了溫暖的笑意。

「吃。」林冲吐出第二字後，一個忍不住，就大哭起來。

從她有記憶以來，未曾有過的痛哭，像是新生兒一樣的哭嚎。

孫二娘的眼淚也滾落，用力地摟抱著林冲。

動容的楊志也起身抱住她們，強忍哭音地說著：「沒事了，都沒事了。」

第19話

如同蕭讓是林冲的知識師傅，用字師潘金蓮與怪語師西門慶是她的語文師傅一般，楊志、孫二娘這對愛侶則負責教導林冲使用賜力、絕鋒，是她的能力師傅。在明明是再美好不過的早餐卻莫名地痛哭後，林冲跟著孫、楊二人來到廣場。

晨間七點半，無人的廣場上，林冲站定。而此刻楊志的面容十分嚴肅，一改方才三人柔情萬千的模樣。孫二娘雖不若楊志般露出巨岩也似的表情，但眼神也是極其認眞的。多日來，林冲也已能調整、適應了。畢竟，賜力不是可以鬧著玩、輕鬆以對的事。那可是永無對同一者的贈禮。雖然林冲並不知曉永無爲何，又是因於什麼理由要給予這樣的神奇能力？而且也不知是巧合抑或永無的特別揀選，有賜力的同一者全數是女子。這又是爲什麼呢？最重要的問題是，永無是什麼呢？林冲對此頗感好奇。

關於永無或施老師，蕭讓寄棲在林冲腦海底的諸多詞彙，卻絲毫沒有連結，換言之，更根源性的東西，林冲是一無所知的。「如果想知道永無的事，就得遇見施老師才能得知。這可不是地文筆所能給予的概念。」蕭讓托了托眼鏡說。

而楊志道：「晤見施老師是再愼重不過的事。也許過陣子會有機緣吧，等妳完全適應了寶藏巖，確實認識到同一者的能力和責任後，心底仍舊有無可解決的疑問，施老師自會來找妳。現階段，最要緊的是控制好賜力，順暢地操作天雄矛。」

孫二娘秉持類似想法，「施老師是寶藏之心啊，妹妹得把自己準備好才能見到他。」

林冲並沒有堅持，初來乍到的她還有太多的事要消化。蕭讓強調過，她賦予的詞語雖能在林冲腦中生根，但從一個觀念要長爲具體的經驗，仍舊需要一段時間，甚至特定事件，才能夠眞正熟成。如今，她最該做的當務之急確實是妥善運用賜力。賜力是永無之禮，是最神祕的無形武器，具備強大的殺傷力，必須經過練習和鍛鍊，方有可能控制。

楊志對林冲說：「我們跟昨天一樣，妹妹先試著叫出絕鋒。」

楊志姊姊這會兒語氣變得非常嚴厲，不苟言笑，林冲有些緊張。

孫二娘在一旁露出鼓勵的微笑：「只要集中精神，感覺體內的天雄矛，不難的。」

林冲深呼吸，雙手攤開，虛放在腹前，閉著眼睛，去捕捉絕鋒的存在。她想著上代林冲說過的：「把妳的武器從靈魂的最深處拉出來。這是名爲鋒擁的過程。妳要感受那股如光一般、在體內爆炸的力量。」在身體不可見的黑暗裡，她摒除所有雜念，全心全意地搜尋著並感受，等待著天雄矛的顯影。慢慢地，如豹又如字的異紋在林冲臉上流動著。

而後，一柄發亮的長矛出現在手中，從無到有，像是她從體內拉出一束光，將之實體化似的。天雄矛也確實有重量啊，不是一團空氣。它就神降一般地出現了。即便呼喊絕鋒出來的人是林冲自己，她還是禁不住心中的驚訝感。

林冲睜開雙眼，瞧著天雄矛。矛柄是木質，上面爬滿了充滿速度感的紋路，像是豹奔到了極速後的晃影。矛柄底部則做成圓形，刻成豹頭。矛頭與矛身間垂有飄揚的金黃豹紋矛巾。矛頭是銅製，青綠色，矛刃圓潤，看來沒有什麼殺傷力。林冲定定地細看天雄矛，心中一陣說不出來的激動。如她一樣的女孩，也能擁有武器。保護自己，也守衛寶藏巖的武器。

一直以來，武器都是專屬於男人的概念——在超臺北裡，擁有兵器，那些槍砲刀槍，全都交由男人使用。她們從未接觸過武器，廚房料理的刀具一來沒有被當作兵器，二來也輪不到女性使用。眞正要動刀切魚割肉的，一概都是男人處理。崇拜鋼鐵與機械的超臺北，絕對禁止女性接觸金屬器具，認爲那是侮辱，甚至有極端信仰分子認爲，一旦女子碰過了鋼鐵，就會惹來萬劫的不悅，乃至降禍。

而現在，她有天雄矛，一把從女體裡面長出來的武器，這是多麼不可神奇的事啊！

第20話

楊志要林冲依照她先前所教導過的基本攻擊與防衛的方法，揮舞天雄矛。

林冲遵循罡煞九式開始練起。罡煞九式是所有同一者必學的技法。藉由統一的肢體動作訓練，同一者才能有一套標準，去掌握賜力，與及個人絕鋒的特質，理解而後方能開發出適合自身賜力和絕鋒的攻防模式。據說罡煞九式是由一名同一者與一位武技師所創的，主要用途在於集中精神，將身心合一，不僅僅是適用於同一者，也對寶藏人頗有裨益，具備強身健體的功用。

首先是定式——林冲握著天雄矛，雙腳與肩齊，膝蓋微曲，雙手握矛，右手在前，左手在後，貼著腰際，絕鋒指著天。其次是衛式，手腕需與腰部配合，從右到左快速地橫移，抑或反向，也可上下擺動，練習多次揮擋。

楊志仔仔細細地盯林冲的姿勢與動作，並予以微調，比如手該握在矛身的哪裡，兩手間距多少，兩腳又是如何站，手腰腿怎麼出力並找到協調性等等的。林冲盡力達到楊志的要求。

楊志說：「妳把基礎練得愈是紮實精準，就愈是能在臨場時迅速反應。這些動作並不是太難，所以妳要每日演練，讓身體的每一個角落都充滿它們，牢牢地刻畫。唯有如此，罡煞九式才能夠更有效地提升妳跟絕鋒的連結程度。」

對於楊志執著地校正自己的每一個動作，林冲並無怨言。楊志的態度嚴厲但並不帶著高壓感，她不過是想把關於罡煞九式的經驗，悉數移轉到林冲身上。而且相比於在超臺北的酷慘、動輒痛毆打罵，此刻渾身是汗的演練，已然再幸運不過了。

林冲很快就精確地把握到定式、衛式，絲毫不差，楊志方才滿意地讓她繼續往下練，來到了衝式——持矛與地平，雙手抬升，雙腳瞬動，猛蹬地，全身力量從腳底發起，一路往上衝，像是一層又一層震動疊加，隨後以手腕的轉扭將積蓄的氣力，一股勁地往前炸裂開來。衝式相對於前兩式有較複雜的力量使用，林冲一而再再而三的操作，想要完全控制每一寸肌肉的反應。

楊志目光閃亮地望著林冲的衝式，要她重複練習。林冲也不喊累，緊咬著牙，一次又一次地把衝式做出來，直到第一百次，髮都濕了，臉面脖子都是汗水，全身筋肉感到緊繃疼痛之際，楊志才喊停。

孫二娘立刻走到林冲身旁，遞出一壺水，讓林冲痛飲。

緩過一陣後，楊志又示意林冲繼續。

孫二娘可看不過去了，「不用這麼拚命吧，妹妹都累了。」

楊志目光緊鎖林冲，沒有理會孫二娘的抗議，只是讓林冲繼續。

林冲毫無猶豫的又開始操練衝式，縱使每一塊肌肉好像都在哀鳴了，她也沒有任何埋怨。林冲的想法十分簡單，眼下的努力，每一滴汗水，每一絲痛苦都是屬於她自己的——她不爲了別人忙活，她所有的艱苦都是爲了自己。我是爲了自身奮戰啊！所有的鍛鍊最終都累積在自己體內，不屬於別人，就像她有自己的房間一樣，這會兒她還有專門的技藝呢。

是了，不是男人才能有，女孩也可以有自己的兵器與武技。

孫二娘擔憂地問著：「妹妹，也不好把自己逼得太緊了，如果累了，就說一聲。」

林冲搖搖頭。衝式的使用次數慢慢地來到二百，她越來越感覺到天雄矛與自己的一致性正在建立。很難說得清楚的感覺，非常內部，隱密而且細微，像是一滴血液如何流通，如何穿梭心臟與血管。裡面的滋味，難以言述，而外部呢，十分明確的，她的天雄矛在閃耀著。林冲的心智與天雄矛的魂有著進一步的締結。更多更大的力量流竄著。

林冲深邃地擁抱著一股神祕而堅實的力量——
她的力量！

第21話

楊志對林冲的進境相當滿意。這個女孩完全吃得下苦，沒有怨言，專心一致地操練著罡煞九式。整天下來，包含流式、躍式、輪式、破式、環式和絕式，她都盡力做到完美，不遺不漏。楊志來到寶藏巖多年，也看過許多超臺北女孩來到此地生活的反應，有些會徹底鬆懈、終日無所事事遊蕩，有些會無所適從，有些分外渴求牢固且單一的指令，而林冲卻全力適應環境，不將當前的生活視爲理所當然。

要成爲同一者，重要的並非天賦才華，那並非長久的東西，而是如何鍛鍊自己的意志與能力。永無的選擇在這一點很明確。這些年下來，楊志還滿確知，不是人人都可以成爲同一者。或許永無需要的是願意理解、迎接甚至創造命運的人。

孫二娘呢，則是像照顧女兒般的疼愛林冲。她沒有別的要想，就只是掛心著林冲的日常起居飲食。她唯恐林冲餓著了渴著了，簡直把女孩當嬰孩般地養著。楊志也是啼笑皆非。不過，看到二娘滿是喜悅和活力的樣貌，楊志打從心底歡喜。

孫二娘這會兒忙著沖煮咖啡。

林冲睜大了眼睛望著二娘的器具與動作，眼底都是驚奇。

楊志心滿意足地瞧著兩人。

孫二娘把大壺中的熱水，倒入細長壺嘴的黃銅小壺裡，再放好溫度計，同時使用手搖磨豆器，裡頭已有咖啡豆，齒刀一動，整室芳香噴發，教人陶醉難止。她一邊忙碌著，一邊還爲林冲詳盡地介紹器具與作法，「現在我要做的是手沖咖啡，我拿的這個是磨豆器，然後桌上的壺是手沖壺，裡面的東西是溫度計，可以準確測量水的溫度，還有濾杯跟玻璃下壺，以及最底的叫作量秤，可以秤出重量。我現在磨好豆子了哦，妳瞧，變成粉狀了，接著呢，這叫作濾紙，把它放在濾杯裡，按好，我先用些熱水浸濕，它就會貼合杯壁，跟著再把咖啡粉倒進濾紙中，仔細看好了，我現在要注水，壺口的水柱要小，這個動作叫悶蒸，要讓熱水與粉做結合，釋放裡面的物質，包含香氣與酸苦甜等，過了三十秒，我會先在中心處慢水繞沖，再往外拉開，像是在畫漣漪一樣，下方的量秤是不是在跳動，數字兩百指的是兩百克，要持續這樣小水柱的繞圈到三百克，水粉結合後透過濾紙滴落在下壺的，就是咖啡液，也是我們等等要喝的東西，就是咖啡，在超臺北妳絕不可能看見咖啡，這種神奇的飲品，只有寶藏巖有哦，現在已經到三百克，就不注水，但我不會讓它完全滴漏，妳看，粉上頭還有水對嗎，我現在就要移開濾杯了，如果全數滴完，可能會有苦澀感，好了，大功告成了。」
林冲還眞不知道什麼是咖啡，聽都沒有聽過呢，非常新奇的玩意兒。
寶藏巖裡，有扈三娘的地慧鏟，任何植物都足以落地生根，何況還有李俊可以釋放或吸收水氣的天壽盒，可以妥善地控制濕度，張橫的天平儀能巧妙地掌握氣溫，魏定國的地猛爐則能供應整個寶藏巖地帶生活所需的火力，再加上咖啡師智眞的知識和技術，才有可能把消逝的咖啡呼喚回來——寶藏巖那眞是地靈人傑啊，楊志打從心底爲自己是這裡的一員而驕傲。
楊志語聲底滿滿的感慨：「這才是生活，舉世絕滅之前的臺北生活是這樣子的，並不是只有暴力、色情和機器。人類是懂得生活的，可以悠閒地過日子，享受日常片刻的美好，有咖啡，好吃的食物，還有精緻的甜點——」
孫二娘插嘴道：「妹妹也還沒有去過王婆的糕點舖，這幾日我帶妳去嚐嚐。」
林冲眼神裡充滿期待。她對甜點非常有興趣。
「而現在的超臺北就只是壓迫與恐怖，完全比不上我們寶藏巖了。」楊志說。
遲疑一會兒，林冲開口問：「爲什麼不去改變超臺北？」
楊志與孫二娘對看一眼，神情又驚異又喜悅。林冲懂得開口了，但仍舊比較習慣不說話，她更想多聽多看多學。不過，所有的學習都是從問問題開始的。林冲的提問，也確實反應出她的思維能力正在成長。這是好現象。

「妹妹問得對、問得好。寶藏巖有同一者嘛，應該可以幫助超臺北人脫離痛苦的生活。不過呢，」楊志神色認眞地回覆，「我們只有一百零八個同一者，就算把所有寶藏人都加進來，總算也不過是八百左右。而雖然每位同一者都有自己獨特的能力，但有些絕鋒並不適合戰鬥，而就算我們全數都是絕佳的戰鬥人員，也敵不過星魔軍。超臺北每一圈域的戰鬥人員都至少有五百人，總數是七千人以上啊，這還是沒有把聖赦部和終截局的戰力計入，雙方的實力懸殊。」

孫二娘也表示：「眞要全面開戰，寶藏巖並沒有勝算。」

林冲想了想，又提出第二個問題：「超臺北爲什麼沒有攻打過來？」

楊志眸子滿滿的讚賞，女孩的思索很靈活，立刻把握到重點。她的視線與孫二娘的目光接合，兩人又默契十足的一笑。如此聰慧的孩子，成爲同一者的繼任，實在是寶藏巖的幸運。「妹妹先前也在超臺北生活過，應該知道十四星魔彼此不合？」

林冲點頭。十四歲前都住在天同圈的她，聽說過許多圈域與圈域的紛爭、星魔與星魔的不合，那是動輒就要有幾十人或上百人死去的戰亂。超臺北雖然名義是在萬劫座下，但實際上統領的是十四星魔，唯星魔間有各種角力競爭，彼此敵視，勢力也有所消長。天同星魔是其中較弱的幾個之一，常常得看太陽星魔、貪狼星魔、武曲星魔、破軍星魔、七殺星魔等人臉色，天同圈也屢屢遭受其他圈域欺壓——

暴力啊暴力，那是超臺北生活的常態，無人可躲。

第22話

楊志神情嚴肅，但語氣輕柔：「星魔的不合，也是寶藏巖能自安的緣故，因為他們光是內鬥就來不及了，哪裡能夠顧及我們的崛起？再加上寶藏巖沒有侵犯性，我們最多就是派出幾個小隊，盜走物資或進行救援之類的，他們犯不著跟我們認真。反倒是終截局眞心把我們視為眼中釘。妹妹也本該曉得，在萬劫的統御下，超臺北人的爭鬥風氣是很盛的，跟寶藏人的不和過日，是截然不同的。」

林冲回想起過往的日子，很能夠明白楊志的意思，那是暴力與殺戮的國度。

孫二娘也補充道：「若星魔們眞的要發兵，也會考慮此消彼長的問題。」

「那些星魔可是自私得很，他們考慮的無非是自己的軍隊若有人力消滅，就對自己的勢力大有影響。十四星魔在自己的圈域裡過著王一般的生活，何必跟在城市邊緣蟻蟲般寄居的寶藏巖計較呢——」楊志嘴角浮現諷笑，「想來他們都是這樣說服自己的吧。我們可以在這裡安居樂業，星魔們的輕視眞幫上大忙了。反倒是終截局比較麻煩，也更危險，那群凶獸可是虎視眈眈啊。他們就盤算著要咬下寶藏巖這塊肥肉，積極地往上爬升，成爲足可與星魔較勁的統御者。」

往湖岸處支援猛獵小隊時，隔著霧氣，擎羊獸的吼叫可眞是教人駭畏。林冲以前就聽說過，此一凶獸的恐怖模樣，半羊半人，高逾兩公尺，頭頂有彎曲的羊角，黃膚色的臉，頭顱以下的軀體是鋼鐵銅金等打造成的，下半身則是羊體。在霧氣繚繞之間，偶有縫隙，她便覷見了擎羊獸的實體，大爲駭異。同時林冲也煞是佩服敢於正面與其作戰的猛獵小隊，尤其是戴宗──

非常嬌小的身體，卻毫無畏懼地面對強大的敵人。林冲深刻記得戴宗銀髮飄揚的模樣，還有她臉上的瀟灑表情，都印象深刻。林冲不禁要想，如果是自己的話，獨自面對擎羊獸這般的巨型魔物，還能夠保有敢與之決的信念嗎？

林冲心中的懷疑擴散開來──我有自信嗎？或者說我有足夠的信心去跟龐大的怪獸對戰嗎？我又是爲了什麼而戰呢？同一者以及寶藏巖對我來說，眞的已經是全部？値得豁盡一切、奮鬥到底的東西了嗎？

林冲感覺到煩惱正在生成。蕭讓的地文筆爲林冲的腦中塡入更多的語詞，以及語言後面的概念，讓在超臺北時壓根無須動腦的她，開始面對另一種內在的撕裂變化。思考，懂得思考這件事本身，就帶著苦痛，內外都在遭受新的衝擊與洗禮啊。

以前的她身體沒有被改造過——在超臺北，只有男性方擁有肉體強化的權利——但她過著的也是機械般的日子，不，不對，更像是機器零件，是的，她不夠資格擁有機械體的能量。她就只是一個女孩，物件也似的女孩，就像其他所有超臺北女孩一樣，沒有語言，沒有自由，沒有自主意識。她依循的是明確的指示，沒有自己。自我是不存在的。是啊，過去的自己是半點意志力都沒有的，因爲全無需要啊！

但我們是有肉身的人，明明不是機械，卻被迫過著機器零件的生活。

回應體內奇怪神祕的召喚，林冲來到寶藏巖後，發現生活不是一成不變的，世界很大，有著形形色色的可能。她有太多要學習的事物，她是不足且有限的個體。她是一個人。她不是一個機器零件。

我是活生生的人啊！

眞正重要的發現是這個。但同時應運而生的，或者說緊接著語言能力而來的，就是思考能力的發生。林冲的心思運轉起來，有觀察、判斷與體驗。她投入在眼前的日常，而不是像過往般總是拉開距離，痲痺也如地過生活。然則，最奇妙的是變回一個活人、去思維事物的變化，也讓林冲非常不適應。她可以毫無怨言地鍛鍊，因爲什麼都不用想，只要專注地把罡煞九式練好，就像以前在超臺北，只要完成被指派的工作就好，其他的不能也沒辦法多想。

林冲想著，關於自我的思考和發覺，會伴隨著疑惑不安苦惱等等情緒，這是過去的她從未經驗過的狀態啊。是如此的了，原來思考這件事，其實是會帶著痛苦的，那是跟被當作機器截然不同的苦楚。

孫二娘瞧見林冲臉上的憂暗，誤以爲她擔心終截局的侵入。她柔聲安慰道：「妹妹無須擔心。寶藏巖是易守難攻的地方，再加上永無的祝福，還有同一者們的絕鋒，我們的安全無虞哦。」

林冲視線望定孫二娘流露出愛與疼惜的目光，滿腔的情感衝上了口鼻。她意識到自己的心中眞實地有了情感，對孫二娘、楊志、蕭讓以及許多照應她的人，對寶藏巖，對這樣的生活，林冲無法克制地喜歡上了這些。她有想要守護什麼的心情。縱使只是一個平庸的少女，縱使生命還是有著好大的不確定性，就算如此，她已經有了拚搏的可能。絕鋒與賜力，帶給她希望。絕望已經是曾經了，也許它還不夠遙遠，但至少林冲可以把絕望推開一大段距離了。它不會那樣如影隨形地出現。

我願意相信，寶藏巖是值得的，值得我付盡所有去維護的！

第23話

與楊志、孫二娘度過美好溫暖的晚餐，喝了咖啡，看起來厚重的顏色，但口感意外的清爽，而且酸苦甜兼具，非常怪的東西，說不上特別喜歡，但她並不討厭，尤其是孫二娘、楊志極其滿足小口小口啜吸的樣子，就令林冲著迷。

眼下，林冲回到了豹頭屋，她的房子，外觀看起來是小宅，但裡頭卻很開闊，感覺比看得見的部分更大，她忍不住要想，莫非這房子存在看不見的空間？看不見，但確實寄存在？林冲歪著頭，露出苦笑，這是什麼莫名其妙的想法？也許是因爲短期間經歷了太多不可思議的現象，腦袋感覺輕飄飄的，也習慣天馬行空胡思亂想吧。

但在這裡，不管什麼怪事都不奇怪啊，畢竟是神奇的寶藏巖，美好的聖境哩。

「聖——」林冲試著把這個詞語講出口：「境。」她不記得蕭讓有給過她這個詞語。林冲確定，蕭讓曾在空中寫出神聖和境界塞入她的腦中。而聖境是林冲自己組合而成的。

「一旦曉得足夠的語詞後，就會開始自行增生，語言就是這樣的東西。」蕭讓說。

當林冲想出了聖境，也就表示地文筆贈與的語詞，已經跟自身的意識做出徹底結合了。那不再是外來的事物，而是紮根生長於內部、屬於自己的東西。來到寶藏巖以後，林冲擁有的，愈來愈多。從房子、武器、技能到語言、思維等等，一切都不一樣了。煥然一新的人生眞切地發生著。不是虛假的，不是僞造的，林冲的擁有，是那麼確實牢固，並非雲煙哪。

獨自站在房裡，感覺腳踩在實地，她忍不住跺了跺腳，沒有塌陷、墜落或消散。地面依舊是地面，屋宇也都完好無缺地存有著。或許將來仍舊是無由確定的，但此時此刻所經歷的，毫無疑問是現實。

她活在現實裡。

而林冲臉上浮出了獨屬的圖紋，她呼喊著天雄矛——她的絕鋒。她認眞擁抱自己的武器，帶著溫暖的情感。發光體平空而現，隨後錨定爲木柄長矛。林冲撫摸著青綠色的矛頭，以及金黃色矛巾，心底有著篤定感。

她試著揮舞絕鋒，感覺天雄矛在手中翻攪滾轉，感覺自己的心靈與長矛有著紮實的融合。林冲知悉還不夠，還沒有完全的締結一體。但隨著速度與力道的投入，世界好像越來越明亮，再大再多的黑暗，都無從畏懼。天雄矛帶來無以計數的力量，讓她的勇氣迅速增長。林冲十四年來的恐懼、陰鬱都在消失。一次又一次的刺擊讓她的心智愈發地堅實起來。

她感覺到心中的吶喊，感覺到賜力逐漸與血肉心靈完熟地密合著。

我可以成爲同一者，我可以成爲林冲。

妳可以。妳當然可以成爲同一者。

是的，我可以，我當然可以。林冲的內心在燃燒著，爲了成爲自己，爲了加入同一者的行列，爲了身屬寶藏嚴，爲了接收永無的賜福。我必須更用力，我必須把矛的力量發揮到極致。我必須跟著矛一起達到極限。

成爲永無的信號。永無傳遞著。生生不滅。

舞得興起，林冲又跳又衝又轉又奔又翻，天雄矛化出漫天矛影，宛如一種激情。唯怪異的是，無論人矛如何動作，總是不會碰到屋牆。並非林冲在狂舞中無意識地閃避，而是彷彿牆面是懂得躲避的生物，或說這裡的空間像是會生長，總是能夠對應林冲的行爲，不斷擴張著，彷彿不會有盡頭。但林冲沉浸於罡煞九式的鍛鍊裡，她被熱烈激昂的天雄矛帶進另一種境界。

林冲不知道自己被天雄矛的細語影響著。她全神貫注地迷醉於賜力、絕鋒與自我正趨於完整的過程。力量啊，如神一般的力量，絕無受限的最大可能。林沖感應龐大力量的臨降，天雄矛的靈魂正在燃燒。

有堅韌的力量在傳遞，從身體的深處持續地輸送往矛尖。

狂野猛烈的衝擊波正發生。

一起吧！一起把生命的潛能激發出來吧！一起找到通往永無之路吧！

第24話

林冲隨著楊志、孫二娘來到廣場上，而戴宗所帶領，包含燕順、周通、朱富和宋萬在內的五人猛獵小隊，早已經在等著了，表情是嚴肅的。這是林冲來到寶藏巖滿兩個月的日子，今天是她的考核日，也是首次參與寶藏巖小隊的徵選。

楊志已經爲林冲解釋過了，同一者採取小隊制，每隊成員從三到七人不等，各有各的屬性與任務，比如猛獵小隊就是負責物資的盜取和輸送，疾舟小隊則是照管寶藏湖的載運，疾舟小隊的成員有楊志、孫二娘、燕青等，另外還有星火小隊、破曉小隊。原來的林冲即是星火小隊的隊長，但一年前，她將職務轉給武松。各小隊可以自由招募成員，成員能自行決定加入與否，任何時刻退出也都不成問題，毫無強制性，一切仰賴自身的判斷。

隊長戴宗對林冲露出微笑，「今天會有點辛苦哦。」

林冲看著戴宗清澈無比的眼神，慢慢地點頭。今天的戴宗穿著五顏六色的衣褲配搭，雙腳穿著先前出任務所帶回來的紅黑鞋款——那是有名字的鞋，叫DAME6。林沖這些日子也跟怪語師西門慶學怪語，知道如何拼音和意思。戴宗是寶藏巖有名的鞋癡，據說她的屋中塞滿了幾百雙鞋啊。戴宗的衣服也是很怪，像是放了很多顏色在身上，但又可以給人愉快的感覺。至少林沖並不討厭，甚至覺得身型小的戴宗，不知道爲何看起來就是特別耀眼和巨大。

「有新的同一者，若願意成爲猛獵小隊新成員，很值得慶幸啊。」戴宗說。

胖得討喜的朱富在一旁叨念：「我是覺得最好不要啦。」

林沖望著朱富，想著莫非她討厭自己？

又高又瘦的宋萬瞪著朱富：「對新的伙伴，亂說什麼啦！」

朱富理直氣壯：「這個妹妹年紀還那麼小，待在寶藏巖最安全，不對嗎？」跟著又直誠地看著林沖，苦口婆心：「妳啊，我可不是討厭妹妹妳哦。妳剛從超臺北逃出來不是嗎？加入猛獵，就表示還要回去那個邪惡的城市，妳受得了嗎？」

林沖沒有特別反應，孫二娘就忍不住插嘴說：「我們疾舟也很歡迎妹妹加入哦。」

楊志白了孫二娘一眼，像是在說不是早就討論過了嗎，先讓林沖看看其他小隊的性質後，我們再進行疾舟小隊對她的徵集嗎？孫二娘與楊志心意互通，她立即曉得愛侶略有不滿。但她就是無法克制地想要關心林沖更多，想要她留在身邊。孫二娘低首垂眉。楊志心中暗嘆了一口氣。十四歲少女林冲確實很得她們倆眼緣，這種事很沒來由的，在成千上百的寶藏人之中，她們就是對林冲特別有感覺，有個奇異的牽絆存於她們與林冲之間。

朱富口直心快地說：「對呀，疾舟比較輕鬆，比我們猛獵好太多了，林冲妹妹很應該多多考慮。至於破曉和星火小隊都太艱辛了啦，而且超級危險好嗎。尤其是星火隊長武松很瘋啦，我勸妳想都不要想。」

戴宗聽著只有露出苦笑，沒說什麼。

宋萬可受不了朱富的大放厥詞，「猛獵是來召集新人的，妳幹嘛呀！」

燕順撥著一頭燄火般的紅髮，脫口而出：「朱姊姊啊妳有時眞惹人厭哩。」

朱富臉色一垮，嘟嘟囔囔，「好不容易有新血，如果又折損——」

孫二娘可忍不住了，怒聲道：「朱朱！」

周通掩面，似爲了自己隊上有這樣的成員而羞恥。

戴宗視線淡淡移向朱富，一句話都沒說，但眼神鋒利。

楊志則對朱富說：「管管妳的嘴巴，不然我會找朱仝，讓她把石頭縫在妳舌頭上。」

朱富圓臉汗水涔涔，止流不住，表情慌恐，幾乎像是整張臉都要融化了。

看著朱富大受打擊的模樣，林冲有心中微微發噱之感。而且眾姊姊對她的照愛，更是讓林冲心頭暖意倍增啊。她其實沒有那麼介意朱富的快人快語。在超臺北時啊，女孩們日夜都在遭受各種惡言惡語，甚至極致的侮辱與傷害。而朱富根本沒有惡意，她只是沒有修飾自己的說詞罷了。對於圓滾滾的朱富的直爽態度，林冲其實反倒是開心的。

「我說完這些就不講了，」朱富以壯士斷腕般的語氣說道：「總之，我是爲了她著想嘛。小冲啊，不要以爲姊姊我是隨便說說哦，星火跟破曉妳可別加入。我曾經是星火小隊的成員哦，也曾經跟著老林冲到超臺北裡奮戰過哦。有夠恐怖的啦！哼。」她斜睨著楊志、孫二娘，「我還救過這兩個成天就會在那邊恩愛來甜蜜去的傢伙哩，沒有我的地藏巾，她們早就死了，也不知感恩。」

孫二娘立刻說：「這些年來啊，是誰日日留風味絕佳的包子給妳吃啊？」

楊志也道：「兩件事怎麼能混爲一談？何況，我與二娘可是打從心底感激妳。」

朱富理也不理，頭高高仰起，別過臉去，理也不理。

看姊姊們鬥嘴很開心哩。一縷淡淡的笑意，從林冲嘴角處揚起，若有似無。

孫二娘瞧清林冲神情的微細變化，眼角暗暗地泛起了一種濕潤的感覺。這個女孩從初期來到寶藏巖的面無表情，猶若機器，完全無法應對，總是不言不語。至如今已然能夠對話了，並且露出笑容——多麼難得的變化。

第25話

不能任由情勢一直胡攪瞎纏下去，楊志要眾人進入正題。

戴宗正容地對林冲說：「我們開始吧？」

林冲點點頭。

戴宗視線轉向隊員，「誰先來？」

「反正不是我。」朱富還在生悶氣呢。

「有人稀罕妳嗎？」宋萬就愛跟朱富作對。「我來吧。」

朱富乾脆地走開去了，不願搭理宋萬的挑釁。

宋萬灰慘的膚色亮起得意洋洋的表情，朝著林冲走去。

林冲屏息以對。

「妹子，無須緊張，我只是臉惡而已。」宋萬說。

「這倒是眞的。」朱富遠遠地丟回一句話。

眾人都笑了。

林沖的緊張感變得更稀薄了。

圖紋在宋萬臉上浮出，手中也握著地魔幡。

林沖也不遲疑，呼喊著體內的天雄矛，青綠矛頭閃閃發亮。

宋萬慢慢搖起地魔幡，空闊的廣場旋即風雲變色、愁雲慘霧起來。

林沖凝神觀察。

不消多久，廣場上遍布著成千上萬的妖魔鬼怪，宋萬身影消失了。

林沖擺出罡煞九式的衛式，預備與宋萬絕鋒正面交鋒。

形形色色的鬼物，無比眞實地發出驚人的吼叫，全數撲向林沖。

林沖忍住心底的懼意，盡力不往後退。鬼影只是幻象。她對自己說，不要被宋萬絕鋒能力虛構出來的恐怖景象左右了。必須專注地感覺。要堅持住。那些不是眞的。只要凝神注意宋萬本體的攻擊就好了。

忽然一隻臉部沒有其他五官只有一張嘴、內中怒長十二根獠牙的巨大鬼怪暴衝而來。林沖下意識揮出天雄矛，發動了賜力。當然了，什麼東西都沒有，毫無擊中的觸感。而血紅魔字的白色喪幡，卻已經打中了自己的頸部，熱辣的痛炸了開來，耳內忽然嗡鳴著，視野有些飄晃——猶幸宋萬有收力，否則這一抽打，怕已成痕見傷哩。

萬鬼千魅撤除。宋萬又出現在眼前。

林冲覺得羞愧無比。這兩個月的修習，一點幫助也沒有嗎？她居然連幻象都無法克服，仍會心生懼意，無能保有冷靜嗎？楊志、孫二娘兩位姊姊的全力教授，都是白費了嗎？灰心無力感很快從內在深處迅速爬升，蔓延全身。

孫二娘瞧見林冲呆持著大雄矛，兩眼失神，心下就一陣慌，不由自主要往前。楊志知機得早，兩腳一跨，不動聲色地攔在孫二娘前頭。她對二娘搖搖頭。

孫二娘懂愛侶的意思，她只能停下腳步。每位同一者都要面對同樣的困境。沒有人生來就是戰士，就能夠立刻進入決鬥狀態，何況她們還是女性，從小就被馴化成物品器具、機械零件——

要從一切都是被動的狀態，轉換到主動性，本來就需要自身長出眞正的意志力。戰鬥這件事，不是那麼輕易就能辦到的，何況要使用賜力、絕鋒，更是艱辛。要像人一樣活動，就必須先長成一個主體啊。

二娘也是這樣過來的，第一次呼喊地壯菜刀時，第一次將罡煞九式結合賜力時，第一次小隊測試時，第一次眞的上場戰鬥時，第一次生死關頭時……全部的第一次，孫二娘都徬徨不已。

擁有賜力，能夠鋒擁，呼喊絕鋒，不等於就成爲同一者了。是的，不是有賜力就什麼事都沒有了，實際上要像本能一樣地掌握絕鋒、自如地施展賜力，才是成爲同一者的眞正試煉哪。

孫二娘對林冲投以關愛的眼神——如果可以，多麼希望十四歲少女可以不用戰鬥。但她繼承的是具備強大衝擊能量的天雄矛，這就意味林冲要走上與超臺北軍隊正面對抗的命運。林冲並不是例外，同一者不願將賜力變成暴力，有好些個姊妹甚至很困擾，比如穆弘，成天就想跟著羅眞人的學藝組混，很少參與絕遇小隊的活動。不講別人，孫二娘自己就花了很多時間適應，菜刀是拿來切肉做菜用的，不應該拿來作戰吧——孫二娘多麼想成爲如閻婆惜一樣的煮食師啊。

就算林冲最終眞的完全不能在戰場上善用賜力，必須退成後援或防衛，危急的時候，寶藏巖確實需要天雄矛暴烈的威猛之力。無論如何，林冲都得學習作戰，這是不可閃躲的命運。

第26話

林冲覺得心跳異常奔烈，手腳軟軟的——我果真不行嗎？我不夠資格擁有絕鋒、賜力，我不能是一名稱位的同一者？我對得起前兩代林冲嗎？我還能繼續待在寶藏巖嗎？他們會不會……

戴宗卻似是什麼事都沒有發生，輕聲道：「下一個是誰呢？」

下一個？什麼下一個？林冲茫然。她的天雄矛變得黯淡，若有似無。

「換我來囉。」燕順撥撩紅艷艷的頭髮。一頂虎皮帽驀然出現在她的頭上。她對林冲露出最甜美的笑靨。而後，白晰的臉上浮現奇異圖紋。緊接著，異變在眼前發生——少女的身軀激烈凹折扭變，人體變成虎軀，並不是披上或長出一層皮那麼輕鬆而已，那是視覺感非常恐怖的身體劇變，即使不過是幾秒時光，燕順整個人就從一名嬌愛的少女異態成一頭金黃巨虎，完全非人化。

霸氣凶猛的虎，對著林冲低聲咆哮。

林冲感覺到一股帶著威勢的風颳了過來。巨獸在前，懼意油然而生，她的手腳發軟。她從來不知道老虎是這麼大的動物，身軀有五、六公尺長吧，體重少說也有四到五百公斤。每一寸肌肉都在狂賁，像是有無窮的精力。

一陣恐慌襲擊林冲，她甚至忘了擺出戰鬥姿勢。她就呆立著，幾乎不能反應。但腦袋還在進行奇怪的運作，那麼嬌小的燕順是怎麼長成一頭老虎的呢？牠的利牙、惡爪、金黃的皮毛、黑色垂直條紋看起來栩栩如生，不是假的，跟宋萬的視聽詐術截然不同。那是一頭眞實的猛虎。同時林冲又忍不住要想，可是衣服呢？燕順剛剛穿著的那套黃衣黑褲，去了哪兒呢？

動起來，林冲！現在不是想這些枝微末節的時候。拿起妳的絕鋒，動起來啊！

她聽到體內的自己在瘋狂大叫。下意識地，女孩握持天雄矛，對著巨虎。但人怎麼可能打退一頭老虎？跟這麼大的猛獸相比，林俊的武器簡直像是小樹枝，即便僥倖插入虎體裡，恐怕也一點傷害力都沒有吧。

孫二娘緊張不已地望著林冲，恨不得衝上前維護她。楊志雖面無表情，但眼底也透露著關愛，一顆心劇跳不止。其他成員也持續注意林冲的反應。她們都帶著耐性在等待——等待女孩蛻變成眞正的林冲。這個過程本來就急不得。要戰勝恐怖，絕不是輕易的。其實就連燕順也在等，她的化身虎並沒有疾撲而噬，反倒慢慢來，要讓女孩有更多反應過來的時間。

金黃老虎緩緩靠近林冲，豔紅如火的眼珠直盯著女孩看。每一步的踩動都像是可以蹬爛林冲的心窩。但女孩的驚嚇感正在退去。天雄矛重新發亮，異紋在林冲的臉上浮印。因爲她聽到細語——內在宇宙的聲音。

力量不是形式。力量不是比較。力量是信念。力量是展現妳自己。

力量是展現妳自己——力量是展現自己？力量是，展現我自己？林冲在心底重複想著天雄矛傳來的細語。那是前一代林冲的話語與提醒？還是更早的第一代林冲？抑或是她們全部？甚至是更高的永無？

林冲不知道。她還沒有辦法判斷。但這會兒她必須做的是移動與攻擊。她必須揮舞天雄矛，發出睗力。她可以做到。她擺出躍式——矛拖在身後，她奔跑著，然後高高地跳起，天雄矛倏移於前，朝巨虎的額頭刺出，動作一氣連貫。

老虎張開巨嘴怒叫，銳利的齒牙露出，同時右前腳高速揮擊。

永無啊！讓我擁抱自身的力量吧！

林冲的矛刺帶著勇往直前的氣勢，睗力從體內洶湧地衝進矛體裡，而後從矛尖發射出強勁的力量，一鼓作氣地刺什巨虎。無形而堅韌的衝擊波正中，虎掌當下被彈開。衝擊波炸開的力道，讓金黃大虎不得不退後，重新調整姿勢。

林沖落地，眼神炯亮，無畏無懼。

第27話

看著女孩的表現，孫二娘忍不住大聲喝采：「妹妹，打得好哇！」

巨虎回頭凝看二娘，吐出人語：「我是被打的那一個欸，我就不是妹妹了嗎？」

孫二娘訕笑道：「都是妹妹哇。姊姊等等拿特殊口味包子給燕妹妹賠罪。」

金黃大虎舔著虎掌，摩擦臉頰後，收回斜睨的眼神，望回林冲。牠蹲伏著，甩甩頭，一頂虎皮毛顯影，而後激烈扭曲變異，幾秒之後，黃衣黑褲、白膚紅髮的嫵媚少女又出現在眾人眼前。

林冲呆呆地瞧住燕順，想著自己這樣算是過了一關嗎？

楊志被扯上了喉頭的一顆心，又回到了原位，眼底露出笑意。

燕順笑說：「冲妹妹很棒啊，宋姊姊剛剛是運氣好才打著妳，欺負新人啦。」

宋萬指著自己的鼻子：「我欺負新人？」

朱富見縫插針：「人家頭一次對陣，妳叫出那麼多妖魔鬼怪當然是欺負她啊。」

宋萬這可沒有辦法接受，「好哇！那我也來欺負妳。」地魔幡在手。

「我還怕妳不成！」朱富也呼喊出地藏巾。

兩人鬥嘴鬥得不亦樂乎。

周通拍著自己的額頭，一副每天都聽妳們吵眞是夠了的模樣。

戴宗依舊一派悠哉，彷彿沒有什麼事物可以動搖她的平淡閒適之心。

林冲感覺天雄矛紮實地停留在手中，還有方才將虎掌對打的眞切性，也就稍微瞭解了戰鬥是什麼。要把自己的長處發揮出來，要冷靜觀察，要更熟習罡煞九式，要能迅速地本能反應。這只是測試——眞的跟超臺北軍隊作戰，絕對沒有人會等她。林冲還有更多的東西要學。但她不用急，可以慢慢來。因爲這個世界，寶藏巖所創造的世界如許美好。人與人之間是有關係與情感的，不像超臺北的冷硬陌生殘酷，一切只講究完成工作的效率。

朱富、宋萬打鬧之際，蕭讓從山徑處踅了出來。

林冲一眼就看見了，這個號稱寶藏巖最喜歡收藏書籍、閱讀狂熱者的蕭讓，看似覺得林冲很麻煩，但總是暗自地關心自己。平常不大出戶、老是窩在自己的房間、低頭瘋讀的蕭讓居然也來了。看著她那兩道濃眉還有厚沉的眼鏡，林冲就覺得親切。她也不過來，就站在山徑最底層，手中還捧著一本書呢。林冲遠眺，上頭有大大的兩個字，是叫作《空翻》的書吧。

每天，每天都感覺到更多，更多美麗的事物，珍貴的情感。林冲覺得自己軟弱的心被這些難得的關懷灌溉著，愈來愈堅實。如果要說是什麼讓林冲變得無畏，似乎不是來自於能力的養成，而是同一者各種形式的支持。

啊，對了，林冲此刻生起一個明悟，其實小隊徵選也不只是爲了找隊員，而是幫助同一者進入戰鬥狀態，必須適應緊張感、恐怖感。沒有自信的人是不可能戰鬥的。來自超臺北的女孩們，往往都沒有這方面的培養與訓練。她們就只是工具。要從機械化的狀態，找回自信與自覺，是很困難的。而她們都是那樣一路走過來的人吧，所以，同一者們才一個步驟一個步驟，帶她學習各種事。

於是，林冲放鬆下來。而腦中忍不住又冒起那個天大的疑問，究竟燕順變身時，衣物該怎麼辦呢？她盯著燕順看，虎皮形式的地強帽已經消隱。燕順的紅髮飛揚，皙白的膚色亮眼非常，整個人看不出一丁點巨虎的樣貌。

感覺到林冲眼中的疑惑，燕順對她笑問：「妹妹怎麼了？」

林冲不自覺問出口：「姊姊施展絕鋒時，身上的衣服是怎麼了？」

甜美的笑意出現在燕順臉上，「這是好問題喲。但我不知道怎麼解釋欸。」

蕭讓聽見了，遠遠地丟來一句話：「這個去找奇學師問比較清楚。」

孫二娘也點點頭，「確實李師師應該會有解答。」

楊志則提醒道：「徵選應該要繼續下去吧。」

朱富回過頭，搖搖手道：「我才不想被天雄矛的衝擊波打中哩，不用測試了。」

周通甩著一頭黃髮說：「也跳過我吧。」

宋萬悶哼，唸唸有詞道：「就妳們兩個最懶啦。」

朱富把宋萬的評語扔在腦後，「我才不像妳會欺負新人咧。」

宋萬一陣火氣又上來，拉著朱富吵。

倒是戴宗氣定神閒地講：「那就我來跟林冲妹妹過過招吧。」

第28話

面對戴宗，林冲緊握天雄矛。嬌小秀氣看起來無害的戴宗，足以作為猛獵小隊的隊長，不是沒有原因的。楊志與孫二娘早已將猛獵成員的本事都告訴林冲了，其他人的能力特質不難瞭解，燕順是變身，朱富是收納，宋萬是幻象，周通是煙火，但戴宗的天速鞋卻讓林冲困擾，她始終不清楚究竟戴隊長的絕鋒之力是怎麼回事。楊志是這麼說的：「每一種絕鋒都有各自的特質，像妳的天雄矛是衝擊，戴宗的就是縫隙。比起猛獵其他人，她的能力比較刁鑽詭奇，不好說明，妹妹實際體驗應該比較容易理解。」

林冲注視戴宗，她的銀髮在空中飛舞，整個人平靜和諧，非常不可思議，一點都沒有作戰的感覺。但林冲有種直覺，如若戴宗認眞發揮賜力，決計不好對付。她的腦中浮現細瘦的戴宗迎對威勢凶殘的擎羊獸的畫面，不管那頭人械怪物怎麼推進，就是會被一股神祕力量拉開距離，像是無論如何都不可能接近戴宗——是什麼樣的絕鋒特質，能夠創造這種效果呢？縫隙究竟能夠做什麼？

戴宗的臉面流動著像是足印又像是字的圖紋，赤裸的腳上發光，而後出現一雙閃亮、七彩絕倫的鞋子。戴宗嘴邊帶著輕快的微笑，親切地提醒林冲：「妹妹，小心看著我雙腳的移動哦。」

林冲慎重地點頭，表示知道了。

「那麼，妳先衝過來吧，使出妳的賜力。」戴宗道。

林冲曉得比起戴宗，自己簡直像是剛學會走路的嬰兒要跟大人對打，所以林冲也不客氣，只管提著天雄矛，將身體喚起的充沛賜力，投入矛裡，以衝式朝著戴宗而去。矛尖飛快逼近，就要臨面刺中，只見戴宗併合的兩腳往外開——

怪誕的距離感忽然就發生了。林冲驚覺自己退回原來的位置，而攻擊落空。定眼瞧著林冲臉上跳出錯愕感，戴宗鼓勵道：「妹妹再試一回？」

「好。」林冲矛體下移，雙手迅快擺舞，以罡煞九之流式，天雄矛如同滔滔河水般往上推移，再奔湧往前，矛尖精光閃爍，被強大的賜力灌注著。林冲全力跑動，誓言接近戴宗。

戴宗雙腳再度開闔，鞋子貼緊復又打開。

那種很難言會的感覺在身體裡，而奇怪的現象又一次在眼前上演。林冲仍舊在原地，像是剛剛的揮舞從未發生過一般，她的奔走與使力等一切都是幻覺。但明明流式的確打出去了。這究竟是怎麼回事？

在場眾人都靜待林冲自行去領會其中的奧妙。

縫隙。她們說戴宗絕鋒的特性是縫隙。如同天雄矛可以揮出衝擊一樣，天速鞋也能夠製造縫隙——意思是？當戴宗雙腳從緊閉轉爲開揚之際，縫隙就會產生？戴隊長的能力，就是在空間中創造新的縫隙？當縫隙打開，長出一截空間後，林冲的移動就等於被取消了。所以，其實不是林冲被什麼力量定住或拉回原位了。而是她跟戴宗之間，在原有的距離之外，又多出一截被生長、擴大的距離？這就是戴宗獨有的縫隙之力吧。

林冲的臉上也就有瞭悟的表情。她的下一個動作證明林冲已然迅速掌握到戴宗絕鋒能力的祕密。林冲不正面跑向戴宗，改採側面推進，攻向戴宗。所有人立即臉露讚許之情，包含戴宗在內。

所謂作戰，即是迅速且正確地觀察、理解敵人的能力，同時將自身能力最大化啊！

第29話

戴宗的身體立刻轉向直對林冲。

果然沒錯！林冲確認到戴宗施展絕鋒時必須面對敵人，縫隙才能有效的開展。是的，賜力不是萬能的，這種神奇不可思議的能力，也有它的極限。比如賜力都必須經由絕鋒發動，無一例外。而每一位同一者的絕鋒，也都有先天的限制。

在實戰的短時間內，林冲又更瞭解賜力、絕鋒的運作。這也是徵選的用意吧。先前孫二娘、楊志、蕭讓也都爲她解釋過賜力。然而，那還不是她眞正的知識，就只是資訊罷了。缺乏親身體驗的東西，都沒有眞正地長在內心裡。

與此同時，林冲卻又產生新的疑問——天速鞋的能力就只能這樣嗎？如果戴宗的絕鋒力就只是把某個尺寸的縫隙塡進空間中，似乎沒有辦法對敵人造成傷害，甚至擊倒吧？也許是完美的防禦，就像擘羊獸永遠都無法靠近戴宗，但然後呢？

一方面腦袋快速地思維，另一方面林冲的身體也反應起來，她迂迴蛇行地跑向戴宗，盡力讓戴宗無法輕易鎖定。而林冲確實縮短了與戴宗的距離。天雄矛再度燃亮了。

很快的，從十步變成九、八、七、六，林冲身體內的賜力讓她的動作迅疾如電，忽前忽後轉左切右，總是保持在欺進戴宗的側面路線上。五步，四步。當戴宗打開雙腳時，林冲已經不在原來的直線上，縫隙的塡生絲毫不起作用。

剩下三步了。

林冲把賜力大量輸入天雄矛，斜斜地躍起，用力挺矛，刺向戴宗的左腋。

戴宗依然是那樣雲淡風清的笑著，銀髮拂動。她倏然轉身，右腳一抬，快得只剩下一縷殘影，精準地踢中林冲的左臂。強勁的力道貫穿，先前那種古怪的感覺又來了，但只在局部發生。

孫二娘忍不住喊著：「隊長留情！」

林冲整個被絢爛的天速鞋踢得側飛開去，滾地一圈，天雄矛險些握不住。停住翻滾勢子後，她慌忙起身。一股被切割的疼痛感在左臂冒出。林冲定眼一瞧，那裡出現了一道細小的縫隙，正流著鮮血。

「妹妹，沒事吧。」孫二娘擔憂地問。

楊志搖了搖頭，禁不住失笑。

孫二娘怒瞪楊志：「青姊，妳笑什麼！」

楊志眨眨眼，「小夢太擔心了。那只是小傷。戴宗她有分寸的。」

孫二娘悶哼一聲，「我就是操心怎麼樣呢！」

楊志這可不敢回話了。

林沖對孫二娘揮揮手表示無妨，心神又回到現場。

「妹妹覺得如何？」戴宗關心林沖傷勢。

林沖並不覺得特別痛，與在超臺北所受的各種凌辱與暴力相比，這道切口根本沒什麼。再說了，這樣的傷是有意義的，不像超臺北時的傷苦都是沒有意義的。林沖這會兒受的傷都代表著她自己，都是她主動迎向的。只要我可以理解傷害的發生，就能夠有所成長吧，就能更明白賜力的法則。林沖全神貫注地望著戴宗，還有她的彩光煥發之鞋。

是了，縫隙當然不止是最好的防禦機制而已，它也可以用在攻擊上，而且恐怖無比。林沖的心智裡充滿清晰感。肉體上多出來的縫隙，也就意味著原來的血肉組織被撐裂，自然就有傷口。林沖清楚，戴宗的天速鞋並無銳利，肉體之傷，純粹是因爲縫隙的緣故。啊，如果賜力與絕鋒可以守可以攻，那麼剛剛宋萬的地魔幡要是打在自己身上，是不是就能把千萬鬼影都打進自己的腦海裡？又或者是被朱富的地藏巾蓋住，是不是就等於會消失在無以名之的異境？她忍不住覷看宋萬、朱富等人。

戴宗注意到林冲的視線，這個剛加入同一者陣營兩個月的女孩，反應很靈敏呢。

朱富莫名其妙：「妳的傷可跟我無關，看我幹嘛咧！」

宋萬可怒了：「難道跟我有關嗎？」

關於賜力、絕鋒的種種，林冲的理解又邁進了一大步。

第30話

林冲盯著戴宗直瞧。在場人裡，她是最嬌小的，頂多一五一公分。但戴隊長的一舉一動都充滿閃亮的自信，眞的是很耀眼。林冲想著，戴宗一定非常相信自己是有價值的人吧。

戴宗心情愉快地望著林冲。兩個月前，這個小女孩還是傀儡一樣的，沒有表情，眼神空洞，靈魂幾乎已經消滅了。但楊志、孫二娘把她照顧得很好，現在的林冲，眼瞳中有著更晶耀的意志力。

如果我一直在寶藏巖，如果我能把賜力發揮到極限的話，我身爲人的價值就會出現嗎？林冲感覺天雄矛湧動著深邃之力。鋒擁的時候，她總是覺得被理解、被支持。那是一種純粹心靈的感受，無法言語。林冲還不能明白永無是什麼。然則，她越來越相信第一代、第二代林冲必然回歸到永無裡。她們一定在永無裡照看著新一代的林冲。

女孩的進展神速，於是戴宗忍不住想要提點林冲再多一點。她嘴角輕揚：「楊姊姊、孫姊姊把妳教得很好。我們再多打一會吧，看看妳有沒有把賜力轉換成眞正的技能，好嗎？」

眞正的技能？林冲疑惑。

「準備好了哦。」戴宗快速移動，欺進林冲。

握緊天雄矛，林冲擺動矛身，跑動起來。

戴宗接近林冲，雙腳連環踢出，右腳接著左腳再接著右腳，瞬息間踢擊了十八腳。又精準又高速的蹴踢，讓林冲一陣手忙腳亂。她趕忙使出輪式，兩手急速轉動天雄矛，舞成風車狀。林冲感受到天雄矛被強力的實體撞擊，輪式不能延續，被震得了開去。而銳利如刀鋒的無形之物，劃切衣物，造成破損。

孫二娘看得心驚膽顫，雖然她曉得戴隊長極具分寸，攻勢有所保留。

「賜力來自於永無。但如果妳沒有活用它，沒有把它與絕鋒、肢體扎實地結合起來，它只是一股神祕龐大的力量，而不是妳的技能。唯有當妳精確地掌握並善用它的所有特點，賜力才能變成技能。妹妹懂嗎？」戴宗一說完，飛快跳高。

林冲腦中迅速飛過楊志所有教給她的東西。罡煞九式是基礎，重要的是賜力必須跟絕鋒一體化。賜力可大可小可長可短可直可圓可攻可守。它是流動、柔軟的力量，無須自我規限。如果縫隙能夠被戴宗精準地製造並控制大小，林冲也可以如法炮製她的衝擊。林冲看得清楚，戴宗用的是躍式，天速鞋正炸出光芒來。林冲再度擺出罡煞之輪式，這一次賜力不是透過矛尖刺出，而是將賜力做成矛狀，護在整隻天雄矛上，迅疾轉動。

戴宗天速鞋飛踢下來的一道縫隙，砸在了風車一般的天雄矛。

廣場上響起激烈撞擊。

而林冲此回擋下了戴宗的躍式攻擊，雖然她被巨力衝得後退了好幾步，但戴宗同樣被反彈到高空，沒有佔得便宜。而未等到戴宗落地，林冲知機地往前衝，天雄矛使出流式。她想像著賜力是流體狀，黏附在矛尖，朝著戴宗雙腿刺出。

戴宗開暢大笑，「來得好！」天速鞋瘋快踩動，怪奇的縫隙，如空中之磚一般，她藉此蹬高好幾公尺，閃過林冲矛擊。而後在空中優雅轉身翻滾，安全著地，毫髮無傷。

第31話

戴宗撤去天速鞋，直接認可林沖的能力，「猛獵小隊十分歡迎妹妹加入。」

這也就意味著林沖通過了考核，林沖尚且發愣的時候，孫二娘已然滿面歡笑地上前，想要熱烈地擁抱林沖。女孩趕緊讓天雄矛消散，可不刺到姊姊。二娘扎扎實實地摟著林沖，無比開心地講道：「我就曉得妹妹絕對不會有問題的啊。」

楊志小聲咕噥：「也是我教得好吧，不知是誰說我過於嚴厲哩。」

孫二娘的心情大好，對楊志露出迷人微笑：「青姊是好師傅，可妹妹也是好徒弟。」

蕭讓遠遠地對林沖笑著，表示恭賀，旋即往梯徑走，顯然要回房間讀書去。

猛獵成員也都大方地讚賞林沖對使用賜力要訣的掌握。

這是林沖從小到大第一次有的體驗，居然有人會認同她的能力，而且是這麼多人。前所未有的事，讓林沖一方面持續錯愕，另一方面因為她們每一個都帶著溫暖善意的笑顏，感覺到內在生起更柔軟、深刻的情感。

有人可以包容信賴，有人可以互相支持，是如此美麗的事啊！

歇息片刻後，孫二娘吆喝著：「走！我們一塊兒去大斗坊。」

一行人一起移動，沿著石階走一小段，就到了一間小屋房，另外有一小石梯。他們一個個拾級而上。房門旁掛著一個牌子，小小的兩個字刻著大斗。但字的位置有些怪，似乎大的上方、斗的左邊該有個什麼字，但經年累月後被磨蝕光了。現餘的兩個字被店主人特別維護處置過，不至於持續模糊化。林冲先前也跟楊志、孫二娘來過了，曉得這是咖啡師智眞的屋房，也兼做店鋪之用。

一樓的方桌上坐著幾名客人。林冲認得，是時文彬、玉嬌枝、丘小乙、羅眞人和穆弘。蕭讓在使用地文筆在林冲心智灌輸詞語時，就把寶藏巖的所有人姓名都放入她的腦中。再加上楊志與孫二娘除了令林冲熟悉賜力使用與體能鍛鍊外，也積極地帶她認識這塊土地和人，好讓林冲可以更適應融入寶藏巖。所以，這兩個月來林冲對每一位寶藏人都已略有所知。林冲聽說過一樓聚會的人們是藝學組，其中僅有穆弘是同一者。林冲曉得，她是絕遇小隊的成員，但穆弘並不喜歡參與絕遇的活動，反倒和藝學組成員們更爲親密。

在寶藏巖呢，同一者分有多個小隊，處理各種防衛、救援，乃至進入超臺北執行任務。而寶藏人亦會根據自身的興趣與能力，自由地發起活動、組成小單位，比如有讀術組、香芳組、食味組等等。藝學組就是畫藝師羅眞人所創辦，成員們有造詩師、活影師、拍藝師。十分喜歡畫藝的穆弘，則是直接拜在羅眞人門下學畫技。穆弘也是同一者中十分抗拒作戰、運用自身賜力的代表人物。

跟藝學組的人打過招呼，她們爬上室內鐵梯，走到二樓。上頭有客人，坐在靠窗的席地座位區，是扈三娘、燕青和張叔夜。燕青是疾舟小隊成員，與楊志、孫二娘交情頗佳。扈三娘則隸屬於種植養殖的牛息小隊，與燕青經常出雙入對。但兩人未如楊、孫般合組家室，主因就是因爲男性煮食師張叔夜。他是食味組的成員，與負責花草植物的扈三娘也過從甚密。三人乃維持著奇妙的關係。

林冲想起孫二娘跟她說過：「情愛這回事，很難說得清楚。要從戀侶變成家室的距離，何其之遠。寶藏巖的風氣是自由之地，一切私事他人不得置喙干涉。妳呢，以後想要跟誰有什麼關係都沒有問題哦。只要記得別讓自己受傷太重就好。」

受傷？爲什麼？林冲其實不懂，喜歡一個人怎麼會受傷呢？雖然，她確實尙未有這方面的情感體驗。但來到寶藏巖，林冲宛如一個解凍的人，被各種溫暖的情感呵護、照看，內心的冰荒快速地融化著。

林冲如今明白過來，人的感情是多麼美好明亮的東西，如何可能因此受傷！看著扈三娘、燕青和張叔夜友好而親密的互動，林冲完全不能想像他們之間哪裡會有什麼哀傷的事。

第32話

他們在二樓的沙發區坐好。孫二娘跑到樓下去找智眞。楊志則走去跟燕青說說話。周通晃到另一邊房間，那兒有著書櫃，上頭放著一些書，挑了幾本走回來。燕順也向周通拿了一本。朱富與宋萬又在拌嘴。戴宗悠哉悠哉地癱坐沙發。

林冲覷看周通、燕順在瞧的書，好像不是文字，都是一些圖畫。那是什麼呢？她還沒有認得太多字，看不懂書名，有常語也有怪語的樣子。林冲每天也會有一個小時跟怪語師西門慶、用字師潘金蓮學寫字和認怪語，但進展有限。兩位師傅都說，學習語文需要時間累積，不可能一蹴可幾。於是林冲跑去問蕭讓，有沒有可能也把怪語的基礎直接放進腦袋裡，甚至把一本書的內容，所有的語詞都放入腦中？

蕭讓眼鏡後的雙眼睜大了瞧著林冲，像是她提出一個多麼可笑可恥的要求，「我能夠填充的詞語，必須是我自己懂得的，而且僅止於詞語的概念。字體方面的話，我的絕鋒可無能作爲。對，就是沒有別的捷徑，妳得依靠自己好好去認字，好好學筆畫練習。我也一樣。至於怪語，我的程度並沒有很好，所以更沒辦法哦。然後妳說一本書是吧？所以，妳是要我要在空中抄寫一本書囉？薄薄的一本，應該也要五、六萬字，我的手可不是該死的鐵做的。最重要的是，就算我有這個能力，我也不濫用。一本書就是得要依靠自己去閱讀啊，從根本處進行自己的理解，不然哪裡有樂趣呢？閱讀是一種完整的體驗，偷機取巧毫無意義。」

林沖對蕭讓幾乎義正辭嚴的一番話，不知道該怎麼反應。但她也明白了，對蕭讓來說，賜力是重要的，但讀書的特殊性也不下於賜力，兩者是同樣可貴必須珍重的事物。

周通注意到林沖的視線，藍眼瞳對她眨著：「這是漫畫。」

「漫畫？」

燕順插嘴：「用連環圖說故事的一種書。」

「要不要拿一本去看？」周通隨手抽了一本遞給林沖。

林沖接了過來，「但我看不懂太多字。」

「沒關係，看那些畫就好，影響不大啦。」燕順說。

周通講：「這套叫《NARUTO火影忍者》，裡面的小孩都有很奇怪的能力叫忍法，有點像我們的賜力，有時候會覺得好像可以在這裡面學到作戰的方法。雖然大家都說這是假的。但反正是很有趣的書，而且不會全部都是文字，看了頭就很昏。」

戴宗在旁邊非常認眞地插嘴：「不過，眞實的世界確實不是這樣子的。漫畫人物的能力好像可以不斷地往上推，但我們的賜力是有極限的，不像他們有寫輪眼、萬花筒寫輪眼還不夠，還有更進化厲害的輪迴眼，能力五花八門沒完沒了。」

林冲望著戴宗，心想原來戴隊長也看過漫畫啊。

燕順與周通也是一樣的想法，她們的臉上明白地浮現震驚。

戴宗失笑：「怎麼？我也曾經是小孩啊。」

林冲、燕順、周通齊齊點頭，這倒也是，誰都有過青春期。

但燕順也提出反對意見：「不對哦，賜力、絕鋒不是也能夠進階變化嗎？」

戴宗認眞回應：「確實可以。但沒辦法像漩渦鳴人、宇智波佐助、春野櫻、砂瀑我愛羅這些主角一樣，永遠都在提升啊。漫畫畢竟是虛構的，它可以沒有極限，但人的能力與現實是有盡頭的。」

虛構？林冲不懂這個詞語，晚一點要請蕭讓在她的腦中寫入才行。

燕順與周通面面相覷，似懂非懂。

戴宗笑了笑，表示要她們欣賞漫畫，無須理會她的發言。

「總之，書架上還有《JOJO的奇妙冒險》、《浪人劍客》、《地雷震》、《鬼滅之刃》，也都超級有意思，可以隨便去拿不用客氣啦，不看了記得放回去就好。」周通詳細地對林冲說明著。

燕順對林冲講：「智眞姊姊很喜歡漫畫，拜託猛獵去超臺北時有看到就要帶回來，這些都是我們蒐集的欸。然後，再請杜興姊姊用地全箱復原。可惜的是，《JOJO的奇妙冒險》、《浪人劍客》沒有找到全部集數。」

林冲喜歡她們把她當自己人那樣的說話。周通是十九歲，燕順是十七歲，比林冲都大上好幾歲，在寶藏巖生活很久了。燕順是在寶藏巖出生的小孩，爸爸是賜具師周瑾，媽媽是身紋師唐牛兒，賜力據說是十歲就覺醒。周通是星火小隊在執行任務時帶回來的兩歲嬰孩，其實也算是純寶藏巖人。聽說周通更想加入星火，但因為星火的行動通常必須與超臺北軍隊正面交鋒，無比地凶險，因此在考核人選時，更考慮攻防力強大的人，且周通的歷練還不夠多，希望她從相對來說危險程度較低的猛獵小隊裡開始做起。

林冲愼重地翻閱書，裡面有文也有圖，但的確單單圖像就能瞭解很多了。這是她第一次眞的看書。蕭讓的房子全部都是書，就連床旁邊也都是，不過文字太難了，林冲知道自己還不能消化。而書籍對林冲來說，是一種神聖的物品，是她全然不懂的東西。何況蕭讓對書籍的敬重態度，令林冲更加小心翼翼。她不希望自己冒犯了蕭讓與書。

漫畫書的世界頭一回在林冲眼前展開，十幾二十秒後，她不自覺地全然投入其中。

啊，原來神聖的書也是這麼有趣的東西！

第33話

孫二娘端著一個木盤，從一樓走上來。

無髮、頭頂光亮的智眞也隨後跟著，手上同樣有木盤，放著好幾種飲料。

孫二娘將木盤擱好，上頭塞著十幾個飯糰。她招呼著：「快點來吃大斗烤飯糰吧。」

智眞也輕手輕腳地把木盤擺好。

戴宗謝過孫二娘和智眞。朱富一看到食物了，二話不說先搶了兩個飯糰，吃將起來。宋萬並不餓，取了杯牛奶，順帶罵了朱富一句「餓死鬼」。朱富翻了白眼，懶得回嘴，奮力咀嚼。楊志還在跟燕青閒聊著。林冲、燕順和周通都沉浸於漫畫書裡，尤其是林冲簡直是一頭栽進去，完全專心地看著那些圖像在眼前流動成曼妙的連續世界。

過了十幾秒，一股火氣在孫二娘體內醞釀著，她冷聲道：「妳們不打算吃嗎？」

楊志立刻捕捉到孫二娘語氣裡的情緒，匆忙結束與燕青的對話，一邊走回沙發區，一邊說：「吃，當然吃啊。小夢親手做的大斗烤飯糰，還有智眞沖煮的咖啡，是決計不能錯過的。」

被漫畫牢牢抓住的林冲，卻忽略了孫二娘的怒氣，繼續埋頭在裡面。楊志瞅著孫二娘眼底正在燃燒的火氣，一把抽走林冲手中的漫畫本，提醒道：「妳孫姊姊叫妳呢。這烤飯糰可是大斗坊的限定食物。」說著，她選了一飯糰，塞進林冲手裡。

林冲回過神來，旋即香氣撲鼻，她雖對漫畫依依不捨，但手中的烤飯糰更是誘人啊，尤其是她才與猛獵小隊較量過一輪，肚腹的確咕嚕叫。她咬了一口，「哇！」忍不住喊出來，一方面是略燙嘴，另一方面也是裡頭配料鮮美得讓她驚艷不已。

瞧著林冲囫圇吃著，孫二娘可滿足了，「我去拿水來，妹妹慢點吃，別噎著了。」

林冲很快就吃完一個，想要再拿，她先確認每個人手上都有烤飯糰，包含原本也掉進紙上宇宙的燕順和周通都正津津有味地吃著，而盤裡也還有好幾個，就伸手再取，愉快地吃食。

孫二娘又從樓下端上一個置放了八個水杯的木盤，分給眾人。

而智眞正在跟楊志介紹今天的咖啡，「這是劉高種植、收穫的新豆種，口感厚實，甜度好，而且花香芬芳啊，他命名爲鳳仙花，是相當美的名字哪。炒豆時，我用了較低的溫度，淺焙。妳們都要喝嗎？」

朱富搖頭：「不用算我在內，我喝這一杯就好。」她挑了一杯冰紅茶。宋萬舉著手中的牛奶，表示已經有東西喝。燕順和周通也都選了木盤中的香糖果奶。戴宗倒是很樂意來一杯咖啡。當然楊志與孫二娘是不用說了。

智眞在四個空杯裡倒入咖啡。她的動作輕柔謹慎，感覺對咖啡有著更多的情感。

林冲吞下嘴中的飯糰後，開口道：「智眞姊姊，我也想要一杯。」

智眞遲疑：「妳好像才十四歲？常喝咖啡不太好吧。」

林冲望向孫二娘與楊志。

孫二娘疑惑地問：「爲何不好？」

智眞說：「翠蓮跟我說的。」金翠蓮是癒術師。「最好是足了十八、九歲才喝，對身體發育才好──」話未說完哩，智眞摸著自己的臉頰，「但仔細一想，妳們都有賜力，身體代謝作用好得沒話說，喝咖啡應該不會有任何影響。」

楊志微笑道：「的確如此。也給林冲妹妹一杯。」

智眞又找了一個空杯，注入咖啡液，遞給林冲。其他人也都各自取了。

周通轉頭對林冲說：「說眞的，我覺得妹妹該挑香糖果奶，那才好喝哩。」

燕順大點其頭，顯然對咖啡也是敬謝不敏。

不過，這些日子林冲早已因爲楊志、孫二娘的緣故，深深愛上這種黑色的液體哩，雖然呢，她不像她們能夠確實品出裡面蘊藏的滋味，但聞著咖啡裡無法命名的花香和飲下果汁般甜的口感，就已經足夠了。

這一切，這眼前的美好時光、幸福場景是多麼值得珍藏哪！

第34話

很快，林冲在寶藏巖的日子，又過了八個月。

林冲偶爾會想起超臺北裡的那些女孩。跟她一樣在鐵一般的命運裡，完全沒有任何選擇可能的普通女孩。她們都怎麼了呢？每個女孩都只是一個編號。林冲以前的編號，是天同五〇九九。林冲甚至某些片刻會想到，爲什麼只有我在這裡過著幸福的日子了？而其他的女孩不行呢？林冲私下會起心動念，如果我能夠潛入超臺北，也許能夠把她們都救出來。雖然，她自己不得不承認的是，那些女孩的臉孔根本是模糊的。她們都被數字化了，以至於誰是誰根本難以辨認。她在超臺北時期，也從未跟誰交好。

每個女孩，都是徹頭徹尾的孤獨者。

林冲後來也知道了，這段日子她聽說了許多故事，比如楊、孫兩位姊姊以前也是出身於天同圈。她們是上一代林冲帶領星火小隊從天同圈救出來的。當時，朱富姊姊還在星火裡呢。林冲沒有跟所有人講過話，畢竟寶藏巖成員眾多。但她確信，每個同一者、寶藏人都有自己的故事，也都有自身的傷痛過往，甚至肉體方面的缺損，像解寶是盲眼人、薛永經常在生病、張橫小時候腦袋受過傷因此智能不高、白勝有嚴重的皮膚病等等的。

換句話說呢，林冲並不是有最慘痛經驗的人，無病無痛的她可說再幸運不過了。

林冲一邊洗碗，一邊腦中閃過這些念頭。

每天，林冲都會離開自己的房子，到楊志、孫二娘家中用餐。吃完早餐後，林冲自動自發幫忙整理。而孫二娘在一旁手沖咖啡。戴宗方才忽然到訪——今天，她腳上鞋子是空氣舊丹第七種，是一個多月前猛獵去超臺北出任務時所找到的珍品，鞋舌是常語貳拾參，白底鞋身有華麗繽紛的圖畫，相當好看呢。林冲也多少認得一些籃球鞋了。

對鞋如癡如狂的戴宗，基本上只收藏籃球鞋，而且據說是絕滅大戰之前某些籃球員的獨特個人鞋款——鞋舌上的貳拾參好像就是那位籃球員的號碼，而不是球鞋種類的編號。林冲現在穿的籃球鞋是空氣舊丹第三十五種，鞋舌也有貳拾參的數字，但多了一個紅人印在上頭，黃黑色鞋身搭配玉色鞋底很亮麗。這鞋是戴宗送給林冲的。林冲不清楚這雙鞋是否重要，但穿起來的確滿搶眼，她挺喜歡的。但更重要的還是，這是戴宗送給林冲的禮物。十個月以來，林冲收過不少同一者贈與的物品，每一個她都很珍惜。

猛獵是負責日常用品物資的小隊，每個月都會至少出動一次，他們比較常潛入的區域是天同、天相、天府、天梁等圈。每一處星圈都有自己的產業，譬如天同圈就是專責於生活用具的製造，天府圈則是畜牧，農業生產集中在天梁圈，天相圈最多服飾工廠。同時如果有需要的話，猛獵也會順帶完成絕遇小隊派命的任務，但大多是帶回一些指定的珍貴物件，不像負責救援的星火小隊必須將人帶回，或破曉小隊得要進行暗殺那般凶險。

戴宗閒聊一陣後，就切入正題：「我們預計五天後要進超臺北執行任務。」三人猶自不解何以猛獵隊長要對她們交代行程時，戴宗已經接了下去，「這一次，林冲妹妹必須跟我們去。」戴宗直視著林冲。

林冲聽到了，心底陡然一震。

第35話

戴宗和顏悅色地問：「妹妹可願意跟猛獵一起走上這一趟？」

孫二娘忍不住出聲：「會不會太快了？林冲妹妹才離開超臺北沒多久。」

楊志保持沉默。

「林冲妹妹來到寶藏巖已經十個月了，不短了，何況她的天雄矛使得好極了。」戴宗的視線移向孫二娘，聲音輕柔無比，「當然都要看林冲妹妹的意思，我並不會勉強她。不過——」

孫二娘眉毛上揚，「不過如何呢？」

戴宗神色平靜地講道：「蔣敬說這一次的任務要成功，就需要林冲妹妹。」

林冲想著，蔣敬的絕鋒特質是預言——她所宣告的，必然都會成真。林冲沒有親眼見過，但據她所聽到的，蔣姊姊的預言能力僅限於輔助條件。她的地會盤是一個精緻的橢圓銅盤，上頭有金黃沙子，當有重大事情要請蔣敬確認時，她會使用賜力，而沙子會自動拼組成字，完成預言。但地會盤只能預言任務會成功的條件，不能改變行動本身。林冲因此也好奇，有沒有蔣姊姊的地會盤無從估算的時候呢？

「猛獵不都是取必要物資嗎？爲什麼還要蔣敬姊姊施展絕鋒？」孫二娘疑惑。

「因爲是老師想要的東西。」戴宗聳肩。

老師，意指施老師。整個寶藏巖只有一名老師。其他的教授者，如用字師、怪語師之類的，其尊稱皆爲師傅。但只有永無的代言人才是老師。那個至今林冲都未見過的施老師。林冲有時也會忍不住懷疑，這個老師眞的存在嗎？

楊志動容：「既是施老師需要的，」她轉頭望定孫二娘，「小夢啊就別再阻攔。」

孫二娘也曉得輕重，只是憂鬱地瞧著林冲，心中暗自想著，蔣敬的地會盤只預言成功需要林冲的加入，但可沒有保證林冲就是安全的，能夠全身而退啊。她可一點都不放心讓這個十四歲少女離開自己身邊。

戴宗似也理得孫二娘的焦慮：「妹妹放心，姊姊會保得林冲妹妹平安。」

林冲知曉，施老師的地位十分崇高，但並不明白爲何他想要的東西那麼重要。寶藏巖的物品都是共享的，即便戴宗對鞋款成癡，但別人眞的有需求，她也會毫不猶豫給出去。這就是寶藏巖的文化，每個人都可以自由地選擇與決定，但如果是公眾需要，就會大方分享。畢竟，個我與群體是密不可分的。林冲這些日子以來愈發確認共體感是普遍性原則，寶藏巖人人都具備這樣的胸懷。

楊志開始對林冲進行說明：「老師很神祕的，不曾公開活動。但只要寶藏巖有危難或同一者、寶藏人有什麼無解的問題，他就會主動現身。我跟小夢也只見過老師一次。」頓了頓，楊志目光瞟向孫二娘後，又拉回來看著林冲講道：「從第一代同一者起就有一則傳說，老師正在做的事攸關於整個世界的存續。那是人們的希望與未來。所以無論他需要什麼，我們都要達成。他的指示則是會透過絕遇小隊傳達。」

聽起來好神祕啊，不知道自己何時能夠與施老師見面？林冲又想著，兩位姊姊以前發生了什麼事呢，以至於老師要會現身來協助？相當令人在意。林冲同時也意會到，孫姊姊非常在乎自己，希望她不要以身涉險。但如今寶藏巖需要自己啊！

楊志是對林冲講解沒錯，但何嘗不是勸解自己呢？孫二娘瞭解楊志的弦外之音。

這段時間裡，林冲也通過其他各小隊的考核，包含疾舟、破曉、狂鋒、星火、無間小隊的徵選，每一隊都歡迎林冲加入成爲戰力。天雄矛是同一者絕鋒中具有強大威力的前幾名，因此需要攻防的小隊無不希望林冲變爲成員。林冲私心偏向星火小隊，因爲她是林冲，而上一代林冲就是星火隊長。不過，現任隊長武松看起來非常冷漠，那雙赤瞳總有一種怪異的高遠感，再加上她的兩條機械手臂，讓林冲不免心生怯意。

孫二娘也一直勸告她，無須太過急躁衝動地做出決定。

但林冲心裡是一直想著要有貢獻的。然而，她卻沒辦法下定決心。她的衝擊是絕鋒能力裡極具攻擊威力的類型，如果可以，她應該盡快選定一個小隊加入。其實，真正的問題是出在自己身上吧，林冲心裡清楚。她遲遲無法抉擇，根本原因就是她一點都不想要回到超臺北。她想要離那個地獄越遠越好。這種內心的障礙困擾著她。她對自己的不滿也日益升高。

而今日就是改變自己的最佳契機了！

第36話

五天，一下子就過去了。

出發當日，早上八點鐘左右，林冲跟猛獵小隊在廣場會合。楊志與孫二娘當然也來送行。還有這些日子很照顧林冲的扈三娘、蕭讓、燕青、潘金蓮、西門慶、智真等人也都來了。這是林冲第一次出任務。她們都來到現場，想要送林冲一程。其中最不捨、緊張的自屬孫二娘。林冲瞥見孫姊姊的眼角已然噙淚。楊志左手緊緊拉住孫二娘的右手，跟她輕聲細語地說著話。

「姊姊，不用擔心我。」林冲走到孫二娘面前，眼神炯亮。

孫二娘的鼻頭正在泛紅，深深凝看林冲好一會兒才說出：「妳萬事小心哪。」滿腔的言語，卻無能再多說些什麼。孫二娘自從逃脫超臺北後，這麼些年來從未再踏足那個邪惡殘酷之地。她加入的疾舟小隊，活動範圍最多到寶藏湖的岸邊。孫二娘都離開了那麼久，心裡尚且無法接受，何況也才脫離超臺北十個月的林冲呢？偏偏，偏偏她就是林冲，就是天雄矛的天選之人，這是沒辦法的啊。

楊志對孫二娘的憂傷十萬分心疼。她們在十年前也曾經收養了一個女孩。可惜她們的福分不夠，女兒年底就離開了。如果女兒活到現在，恰巧跟林冲同年呢。一切的機遇都不可預料，奇妙無比。

而林冲想要永遠記得這一幕。每一個人，不只是對她流露深深情感的孫二娘、楊志，而是每一個人——她們眼神裡的關愛，都帶給她莫大的力量。爲了這些人她願意奮不顧身地戰鬥，願意重回超臺北，願意克服自己的恐懼不安。

一切就爲了眼前的這些人，爲了像是仙境的寶藏巖，林冲願意拚盡全力！

過去活在冰冷殘酷世界的林冲，何曾想過有朝一日她居然能夠擁有溫暖的記憶。不僅僅是記得同一者、寶藏人的特質與事蹟，而是眞的去認識，與他們有著一定程度的交流——能夠一起生活這件事多麼匪夷所思。林冲特別喜歡在腦中確定每一個她所記得的事。她總是會在看到或聽到某個人時，在腦中迅速調動那個人的事。因爲，可以好好地把珍惜的人事物放在腦中，好幸福。林冲想著。

記憶，是一件無與倫比美麗的事。

蕭讓使用地文筆在空中興高采烈地揮灑字體。智眞表情認眞地沖煮咖啡。潘金蓮與西門慶在他們命名爲語文號的房子裡一個字一個音地教導常語和怪語的文字。扈三娘對著那些花草植物唱歌。燕青身上的字刺青張牙舞爪似的美。宋萬與朱富的鬥嘴。周通的藍眼睛那麼的亮啊。燕順的甜笑。戴宗介紹球鞋時飛揚歡樂的眼神。很少言談但眼神總是帶深沉暖意的楊志。孫二娘對她的噓寒問暖備極照顧。

每一個回憶都無可取代。在寶藏巖裡，林冲終於明白，活著的意義是什麼。

在她以前的生活裡，沒有什麼事情值得被記下。沒有家人，沒有同伴，也沒有任何情感。像是機器一樣的活著，毫無人性。林冲一點都不想要再過那樣子的悲慘日子。那樣根本不能稱之爲人哪！

仙境與地獄。

對了，這就是寶藏巖與超臺北最好的對比，一個極其美好溫柔的世界，一個是集所有暴虐瘋狂殺戮於一體的罪惡之城。而寶藏巖的生活方式，需要更多人投入維護，不能只是坐享其成。

所以，戴宗邀請林冲的那一天，她立刻就答應了。

此時呢，林冲主動上前，深深地擁抱孫二娘與楊志。她沒有說話，就只是在心裡想著，謝謝妳們，眞的謝謝妳們對我的好，我會好好地回報如此神奇深邃的溫暖。我會努力對得起這一切的給予和賜予。

林冲心中滿滿的感動，無可言喻。

寶藏巖的生活，即是永無賜予的眞正禮物吧。林冲眞心這麼想著。且也就暗自對自己立誓，要用體內繼承的同一者賜力與絕峰，守護她所處的、美好絕倫的寶藏世界——這是她的決心！

第37話

燕青親自駕舟送猛獵小隊過寶藏湖。

到岸後，燕青瀟灑微笑：「祝福行動圓滿完成。」

燕順柔媚自信地回話：「沒問題啦。」

「諸事小心。」燕青揮揮手，浪濤起伏，推動舟艇折返。

猛獵成員們目送燕青與舟融入深霧裡。

林冲確實地意識到，她們這會兒是在陸地上，不再身處寶藏巖那自成一境的孤島。林冲心下緊張。而濃霧仕搖曳，從湖面往岸旁洩著，輕輕地圈繞著林冲。她感覺到楊志。在霧中，她們仍舊是安全的。姊姊正透過霧氣寬慰她的緊張。自己還眞是長不大呢。明明下定決心了，卻還是會惶恐畏懼，不是已經再清楚不過了嗎，爲了守護寶藏巖的人事物，她願意豁盡所有。林冲深呼吸。

有霧，又和猛獵成員在一塊兒，暴露在危險中的念頭慢慢退去。林冲恢復冷靜。

「拿出來吧。」戴宗下達命令。

林冲卻不懂要拿什麼？隊長跟誰說話呢？

只見朱富將從廣場會合後就一直掛在手上的地藏巾打開，鋪在地上，手往裡面掏，明明布呈現平面，但朱富的雙手卻能往下鑽，像是裡頭還有一個巨大空間。林冲曉得，只有朱富的手能夠穿透地藏巾，若是別的同一者去碰，就只是一塊布放在地上而已。朱富雙手從那個布面下的深淵裡，拉出長得像是衝浪滑板，但尺寸大得多了、長兩百五十公分、寬八十公分的一塊長板子，放到地藏巾之外。隨後，朱富將地藏巾四角捏好，把包袱掛在手腕。

一塊藍白配色的衝浪板？林冲先前看過燕青、李俊、張順在寶藏湖上玩耍。因爲燕青控制水的賜力，所以要有多大的波浪都沒有問題，她們穿著泳衣，在浪峰、浪谷上上下下，不亦樂乎。但這會兒爲什麼需要一塊衝浪板？林冲眼底都是困惑。

周通得意道：「這是我們要潛入超臺北的祕寶啊。」

「祕寶？」林冲湊前一瞧，它眞的就是滑板，毫無異常。

「這東西叫自速板，是賜研組的傑作哦。」燕順說。

「啊，原來是賜具啊。」林冲恍然。所謂賜研組，就是賜具研發組，即以周瑾、宿元景爲首的賜具師們，包含楊戩、趙譚、鄭屠等人在內的小組，他們所開發的特殊道具，含有賜力，故名之為賜具。賜具的運作依靠的是賜力的移轉與儲存。而能夠辦到這件事的核心人物就是郭盛。據林冲所知，郭盛的絕鋒特質是將能量儲存於物品裡。換言之，自速板裡一定存有某個同一者的賜力。林冲的腦袋迅速動起來，既然叫自速板，一定是跟移動速度有關的吧。她靈光一閃，合理推測，應該是丁得孫的地速袖箭吧。

周通得意地望著林冲，她在滑板前頭按壓一個鈕，衝浪板忽然就懸浮起來。

林冲猜錯了？但漂浮跟速度有關係嗎？

燕順哈哈笑道：「妹妹是不是覺得自速板名字怪怪的？而且板子懸浮能幹嘛呢？」

林冲點頭。她猜想，衝浪板的浮力，比較可能的是來自於歐鵬的地闊尺，應當不是杜遷的地妖鎚，因為後者的絕鋒特質是跳躍力，這板子明顯是距離地面大約三十公分左右地漂浮著。可是她真不解，自速板為何不叫自浮板？而且吧，浮在半空中，能夠達到什麼效果呢？讓猛獵們站在上頭，然後等風吹動，好進入超臺北嗎？不合理啊。

宋萬送了很大的白眼給燕順、周通，「妳們想要說明就快點吧，幹嘛戲弄人哩。」

「唉喲，宋姊居然還會主持公道。」朱富調侃著宋萬。

燕順吐舌頭，周通則是對林冲擠出鬼臉。

宋萬瞪住朱富：「怎麼在妳眼中，我宋萬是那麼混蛋的傢伙嗎？」

朱富斜睨著宋萬，一副「那還用說」的可恨模樣。

戴宗插嘴道：「全體上板。」她率先跳上自速板。

隨後，其他人也都跟著踩在板上。

林沖是最後一個。

「要啓動了。」戴宗說完後，又在衝浪版前端摁著一個鈕——

載著胸貼背緊挨著站六人的板子，也就自行往前滑動。

林沖站在板尾，前頭是燕順。燕順回頭對林沖說：「要自己抓好平衡哦，不要掉落。自速板結合了郭盛、丁得孫和歐鵬三位姊姊的絕鋒能力，再加上賜研組的精心製作而成，是相當優異的賜具，讓我們節省時間與體力，也免除掉許多危險。否則光是走到天相圈，中途沒有任何耽擱或繞遠路的話，至少一個半小時，還要執行任務的話，就很費力了。」

林沖一邊聽，一邊拿捏著身體的平衡。所幸自速板並不是太快，懸浮高度也沒有太高，她能夠有效控制，不至於摔出板外。這個體驗眞的十分神奇，有點像在飛行，新鮮無比。林沖心中的興奮感大過於驚嚇。而她同時也在腦中調動地理資訊，天相圈在南港路、忠孝東路、松山路、東新街的範疇裡，主要產業是衣物紡織相關。寶藏巖自給自足的部分是農漁畜牧、山林自然產物等，其他物資都還是得進入超臺北取得。

燕順的前方站著的是周通。周通說著：「自速板的速度，他們說時速二十公里左右，比起走路，快很多。我們到天相圈應該二十分鐘就可以了。當然了，我們不能一路搭，太醒目了。只有外圍沒有人的地方才可以，真的靠近星圈中心人多的地方還是得下來走。妹妹先練習站乘的平衡，等熟悉了以後也要幫忙注意與警戒。我們要盡量保持低調，不被超臺北政府察覺蹤跡。」

戴宗在前頭也控制著方向，但只能微調整，自速板的方向基本是直線。但戴宗右腳踩重一些，板子就會往右偏，左腳用力點，也就會朝左滑行。對擅長用腳的戴宗來說，是滿好操控的。

而林冲此刻只顧享受風颳臉、浮在空中的驚奇感，短暫忘了任務執行中的緊張。

第38話

熟記超臺北地景的戴宗，刻意走荒僻路線，避開人口密集區，繞行著朝天相圈行進，最後在信義路六段附近停下。周遭是一片荒廢，屋宅全都被大量的植物吞沒。再加上輻射塵，即便赤網攔阻了輻射線，但仍舊有塵埃落下——那些從天而降的塵灰，成爲她們的最佳掩護。另外當然了，超臺北的工業與機械運作也造就了整個城市上空的異樣黯然。

是啊，這是一個灰暗的世界，行蹤不虞被看見。明明是晝間，但超臺北著實如夜一般哪，彷彿光亮已經死去了。比較起來，終日雲霧繚繞的寶藏巖，因爲沒有各種高聳的建物，也沒有那些噴著廢氣的工廠煙管，還能夠略見天日呢。

林冲這會兒更能瞭解到爲何猛獵在白晝出發，而非夜晚。這個城市總是暗沉無倫，灰撲撲的視野，就連花草植物上頭都罩著落灰，黯淡難見顏色。日間行動，只要不是突進星圈人多之處，對猛獵小隊來說，根本沒差別。甚至應該說，超臺北夜間唯一的光亮就是萬劫像，若是她們在晚夜行走，點起光源，反倒醒目。而且呢，萬闃寂靜的城市，稍微一點動靜，都會引起注意。林冲此時便聽見了幾個街道外充滿工廠在運作機器的聲響。

進入天相圈之前，猛獵小隊先在附近那些被各種植物攀生的屋宅，選了幾間探尋一番。她們要順帶找一些可用的物資，比如說調味料，即便過期腐壞，只要經過地全箱的修復，就能食用，那可是很珍貴的東西。

寶藏巖有陳達的地周桶，絕鋒特質是複製，但這個能力不是無限的，有複製件數的上限，早期只能仰賴猛獵盡可能從超臺北找回來，再由陳達將如柴米油鹽糖之類的必須食品複製。後來，寶藏巖開始能夠從事農業，包含稻米、黃豆、甘蔗的生產等等，有扈三娘的地慧鏟助力，再難生長的種物都不成問題。且土法煉鋼的榨取也可以克服，壓榨方面的事就交由曹正的地羈鍋上場。不過呢，風味上的變化和抉擇，還是得找到在舉世絕滅之前的用物才行啊。猛獵將之帶回寶藏巖後，經過食味組的分析和研究，再從小觀音山種物區，找出最適宜的原料，予以調配煉製。

林冲聽孫二娘和煮食師閻婆惜、柴皇城等人聊天才曉得，原來末日大戰前的文明世界所產出的食品是有健康問題的，裡面加了許多化學加工物，對人體大是有害。因此，即便地周桶能快速複製，也是在絕對必須時才請她使用賜力。

寶藏巖因爲有各種賜力協助，生活條件各方面都比超臺北優良太多。在天同圈時，還是天同五〇九九的林冲幾乎每天都在吃冷饅頭或地瓜條粥，不是整顆地瓜下去跟米熬煮，而是削成條狀混入米粥裡，米量也不多，湯水居多，偶爾搭配糊狀肉泥吃。她可從來沒有吃過塊狀肉，直到在寶藏巖方喫過完整的肉食。超臺北的鹽產量不多，僅供上層人物食用，是以，底層的下等人們吃的東西也都是清淡無味。如此，超臺北女孩全都營養不良。有些比較容易飢餓的女孩，會自己設陷阱捕捉老鼠或可食蟲類，煮成一鍋硬是吞食。

林冲也是來到寶藏巖後，簡直像極速生長，身高與體重才有大幅度發育，長高了三公分，體重也多了六公斤呢，連乳房也激長著，三個月前還遲遲未見的初經也來了。好一陣子，孫二娘頗爲林冲未有來潮憂慮呢，深怕她身體有隱患。

書籍、筆記本、鋼筆等等的，也都在猛獵名單裡，當然了，其他破損的物品，如戴宗心迷的球鞋乃至球衣和球褲之類的，也必須收入地藏巾。寶藏巖裡滿多人喜歡穿，畢竟廣場旁的小徑下也有籃球場，籃球遊戲可是寶藏巖的風行運動哩。

「猛獵很像是城市的拾荒者啊。」戴宗自嘲地說。

猛獵小隊每次出動，除了主要目標物品外，都會像這樣潛入破敗屋宇尋物。而曾經找過的屋房，就會從猛獵請畫地師高俅製作的特殊地圖上剔除。猛獵們都極有經驗，什麼是該蒐集的，她們都很清楚，倒是林冲走馬看花，沒有頭緒。比如這會兒她在陰暗的廚房，以微火棒——一根會散發淡淡火光的棒狀物，那是衛定國地猛爐所造的火——照著。雖然，將賜力凝結在身體局部就能增強感官力，但賜力是會消耗的，是故，如果有賜具在手，依然會優先使用。現場有好多物品看來都新奇可用，例如一個外型四方、內有圓盤的器具。

「這好像叫微波爐。但需要電的物品，都不用取哦。」一旁的燕順直接點醒林冲。對了，寶藏巖是沒有電的，電器類的東西是派不上用場的。林冲明白過來。她只好亦步亦趨跟著隊友，先搞清楚她們都拿些什麼。而朱富的地藏巾真是好用啊，隊友們都不知道塞了多少東西進去了，剛剛宋萬搬了一疊書，可能有五、六十本吧，全都交給朱富，一放在巾上，就像掉入平面的深淵中，不見蹤影。先前聽朱富說過，她曾經跟賜研組一起仔細實驗過，發現收入地藏巾的物件重量會變輕，只有原重量的千分之一。換言之，一千公斤的東西，在朱富來說只有一公斤——無怪乎她能夠扛負那麼多。不過呢，賜研組那邊嘗試很久，還是沒有辦法做出類似地藏巾功能的賜具。

看著猛獵們精準奇快的動作，林冲心底滿滿的都是佩服。仔細一想，林冲對超臺北無比陌生，雖然十四歲前都活在那兒，但她就只是待在工廠裡，成天都是製作、搬運、打掃等勞務，不要說踏出天同圈了，就是離開南京西路、赤峰街那一帶都沒有過。那一回逃離超臺北的舉動，現在回想起來還是不可思議哪。一切只能歸因於永無的召喚啊。

而她對超臺北的認識，其實都是在寶藏巖裡獲得的。當她看到高俅畫的寶藏巖全圖與超臺北十四星圈圖時，才真正知道自己究竟活在哪裡。現今，她所經歷的一切根本就像是在冒險一樣啊！林冲心情出乎意料地雀躍。

第39話

天相圈鄰近紫微圈，也就是一〇一高塔與那尊散發深紅光芒的萬劫像一帶。她一抬頭就可以看見萬劫的邪異光芒。寶藏巖在超臺北人眼中是蠻荒鬼怪之地，素來以荒島、怪湖稱之，但林冲如今了然，眞正的萬惡地域其實就是超臺北這裡啊。她對萬劫沒有任何感懷。萬劫是男人們的信仰，跟女性無關。當他們高喊著「以萬劫之名」、「萬劫降世間之火」、「萬劫全福」之時，女孩們被摒除在外。萬劫教只照應男性們，或者說，萬劫的榮耀只歸於可以戰鬥的軍官士兵。一般男性其實也不在萬劫之光的俯照下。

而萬劫是什麼？這個問題跟永無是什麼一樣，林冲難以理會。但永無更親切，祂沒有形象，沒有規則，沒有強制性，也沒有組織。最重要的是，當寶藏人或同一者在說著「與永無一體」、「在永無裡面」、「永無同在」、「永無如是我心」之際，不分性別老少強弱，那就是單純的祈禱。他們與永無一塊兒面對生命各種難題和困境。永無信仰喜歡講「萬異求同」，也就是在一萬種差別之物裡面仍舊有著一個相同的可能。萬劫高高在上，永無卻跟所有人站在一起。

寶藏巖的永無信仰啊，跟超臺北的萬劫教，無論是本質或形式都是徹底不同的。

林冲一邊思維著，一邊仍舊維持警戒地觀察著周遭。

當同一者有意識地把賜力注入眼睛，就能更提高視力的敏銳度。當然不止於視覺，而是聽嗅味觸皆然。賜力能夠提升五官的靈敏。尤其猛獵早已習慣祕密出擊，早就把眼耳口鼻舌身各方面，都鍛鍊得足以應付危險緊張情勢。

過去十個月，除了罡煞九式的鍛鍊與賜力的使用，林冲也熟識了各種行動須知與任務執行的法則，也包含將賜力集中於五感的訓練。她自知還不及猛獵們的老經驗，但盡可能跟上她們。

不過，猛獵要真的潛入超臺北，接下來才是重點。但林冲還是不懂，無人之地沒有問題，可是她們若要前往星圈中心拿取物品，就不可能不被看到吧。也就是說，隱匿形跡非常重要吧。

林冲費力思量之際，眾人都悄聲地離開自速板。燕順、周通幫著把板子搬到朱富攤開的地藏巾上。而隊長戴宗則是從懷裡掏出一小玻璃瓶。裡頭裝著淡淡亮光的液體。戴宗打開瓶蓋，往嘴裡小心地倒了一滴。跟著，她把瓶子遞給宋萬，宋萬也如法炮製，再交給朱富，依序傳給其他人。每個人都喝下一小滴。林冲猶自不解時，玻璃瓶已經來到手中了。

燕順臉上又浮動著魅力四射的甜笑：「妹妹，喝吧。這是隱神液。」

林冲旋即意會過來。名爲隱神，猜想起來必然是可以隱形吧。那麼隱神液亦是賜具。且答案呼之欲出了，其賜力必然源自於楊春，因爲楊春的地隱瓶有隱形效果。難道自己手中的瓶子就是地隱瓶？絕鋒可以離開同一者這麼遠嗎？

周通提醒道：「只要一滴哦，可別喝太多了。」

而後，眼前的五個隊友，從戴宗開始，宋萬、朱富、燕順、周通依序消失了。

果然這樣啊！林冲先前還擔憂過，潛入超臺北要怎麼辦到呢？城內雖分爲十四星圈，但每一個星圈其實都不大，主要活動範圍集中於幾條大街。像天同圈西至迪化街、東到中山南路、最南民權西路，北足市民大道，但眞正人口密集處大約就是赤峰街、南京西路到承德路這段，星圈中心愈是往外就愈是荒廢。是的，大部分的超臺北都是廢墟。但猛獵既然需要物資，就意味著要移動到星圈裡，怎麼可能一、兩千人都沒有看見猛獵。

不過如果有了隱神液，問題就迎刃而解。雖然林冲先前大概被告知過行動的步驟，也知道每個同一小隊都有賜具會協助進行任務。但具體是什麼，她並沒有眼見爲憑。如今，眞是步步驚奇哩。

林沖滴了隱神液入嘴，忍不住開口問道：「這瓶子是楊春姊姊的地隱瓶嗎？」

玻璃瓶忽然從她的手中被取走，而後平空不見了。耳邊響起戴宗的聲音：「自然不是。這只是普通玻璃瓶。隱神液是結合了楊春與郭盛的賜力和絕鋒特質——先讓楊春從地隱瓶倒出液體在郭盛的地佑杯裡，封存住隱形能量後，再倒入預先玻璃瓶。這個看似簡單的動作，賜研組可是整整花費了半年之久反覆實驗才得到的。每一滴隱形的效力是三小時。」

只聽得周通的語聲也在空中呵呵笑道：「玻璃瓶不會消失這件事就很費工夫了，我聽趙譚說，原來楊春的隱形力，分有好幾種，有可以讓生物隱形的，也有可以讓物體隱形的，單單要搞清楚這兩種，就花很久的時間了。不然，如果玻璃瓶也是隱形的，找都找不到了，要怎麼使用啊？對了，妹妹妳等等不要亂碰東西。距離身體兩公分內的東西都會被隱形化，我們得跟人事物保持距離。」

看不見隊友，讓林沖心下很慌，這樣子要怎麼共同行動哩！此時，林沖忽然覺得身體起了變化，有種像是要啓動天雄矛的感應，但輕微許多。忽然她就進入了隱形的世界，而視野截然不同——

林冲看著自己的手，感覺身體變得模糊了，像是被比霧更深的東西罩住。對了，而她的身前也有五道類似的模糊身影。然則，外在世界還是清晰可見。原來隱形人可以看見彼此啊！

第40話

隱身以後，猛獵小隊從信義路接到虎林街，一路安靜前行。猛獵的目標是松山路與永吉路交界的衣物工廠。虎林街上也有一些飲食店面，一早就有不少男人光顧，無所事事地吃吃喝喝。同一者們在語聲與到處都聽得到的機械響裡，快速穿過虎林街。到了永吉路以後，她們右轉，再往前走一會兒，就是十幾個大工廠所組成的天相紡織產業，整個超臺北最大的衣物製作、聚散地。

首先，她們得取一些女性用的內衣、內褲。戴宗領頭，從永吉路四四三巷進入，繞進小弄裡，從後門侵入工廠，她們迅速找到內部堆滿箱子、愈裡面灰塵就愈多的倉庫。而外頭縫紉機前仆後繼地踏響著。林冲可以想像那裡都是按照指令運作著的女孩們，沒有話語地勞動著。戴宗指著角落，朱富上前，攤開地藏巾，其他人則是盡量不發聲響地行動。戴宗早就指示過了，從儲庫最前方的箱子裡挑，每種尺寸、造型、顏色只取一兩套，千萬不要貪功想要尋更別緻的樣式，而往倉儲深處查看別的箱子。她們的行動必須快且安靜，時時警覺有沒有人靠近倉儲。但一般來說，這時段是製作時間，不太會有人到倉儲，通常是晚間才會把鎮日完成的品項，堆到收存空間裡。

早前林冲也想過，在星圈裡盜取物資這件事會否造成傷害？理論上，她以前所在的天同圈應該也被劫掠過吧。但卻從未耳聞有過大批物品消失的傳聞，應該就是猛獵小隊總是最低限度的拿取，不會大量搜刮吧。

說起來，遲至到寶藏巖以後，林冲生平第一次才知道什麼是內衣、內褲，也確實地穿上了。而胸罩眞的是很束縛的東西。她也才曉得，原來只有女性的乳房會隆起，而胸罩是女性專屬的衣物用品。唔嗯，這樣講也不對，她就看過西門慶跟潘金蓮都喜歡穿，他們都是男性啊。但以前的林冲從未有過自己的胸罩與內褲。天同女孩們也都一樣，大家都是一套殘破的衣服套在身上而已。不知道天相女孩會不會好一點呢？

孫二娘告誡林冲，女孩的下體容易感染，所以更需要好的內褲保護，免得生病。對照林冲在天同圈的回憶，的確有不少女孩因爲衛生條件差或被侵害的緣故，私處被染，後來成爲痼疾，甚而致死。

至於胸罩的用處，孫二娘是這麼說的：「女性的身體很多細節，雖然同一者需要戰鬥，但不代表就要讓自己變得很邋遢吧。乳房的形狀也很重要啊，有美乳多麼賞心悅目。姊姊希望妳也能好好照顧自己身體的美感哦。」

林冲還沒有太懂得身體之美是指什麼，但孫二娘的期盼她都想要盡量達到，即便胸罩的勒束有點不適應。然則，在寶藏巖吃食得比較好，近來她的乳房眞的膨脹一樣地長著，已經多了一個罩杯。在訓練時，如果沒有穿胸罩，動作起來時乳房的晃動會有阻礙，且也讓自己分神，反倒是胸罩能夠固定住雙乳的波動，林冲這才慢慢習慣必須穿著內衣。

現在，林冲一邊拿取，一邊有點目瞪口呆，因爲這裡的胸罩、內褲也未免太奢華艷美了，色彩繽紛，造型奇異。孫二娘拿給她的大多是素色的，樣式也簡單，可沒有眼前這些的那般講究。爲什麼要這樣挖空心思去設計錨定乳房用的胸罩呢？更詭異的是，有那種像是捨不得用布料，乃至於像是只由幾條線構成的內褲，這能夠穿嗎？林冲滿腹疑問，但這時不宜深究吧。

絕不張揚地祕密拿取後，猛獵們飛快脫離這間工廠，改前往下一家。冬日將臨，猛獵小隊得要大家張羅一些禦寒衣物。越過兩三條巷弄，她們的靜默盜竊，仍在繼續進行。

第41話

一、兩個鐘頭後，竊取行動結束，猛獄小隊離開天相圈核心。

林冲緊繃的神經這才鬆弛下來。

猛獄們在象山公園旁小路的一間屋宅裡休憩並用餐。朱富把負揹的包袱放下，打開，裡面空無一物，她手往裡撈，就拿出了六人份餐盒，有孫二娘姊姊做的風味烤飯糰，甚至還有大斗坊的杯飲呢，完全沒有翻倒的問題，甚至還微熱呢。

林冲一直有個想問的問題：「朱朱姊爲何不將地藏巾消隱掉呢？」

朱富滿臉無奈地答覆：「我的地藏巾雖然可以把東西收藏好，而且大幅度減輕重量，但只要開始收了東西，就必須以包袱的型態揹著，而且拿的東西愈多呢，包袱的形體就會愈大，還好一點都不重，不然可就大大的麻煩了。」

對了，每一種賜力都有限制，有的是受限於距離，有的是次數，有的是功能或時間。賜力不是無窮無盡的。林冲也測試過了，天雄矛的極限是數量。很難精準講幾次或多久，畢竟，每一次的衝擊波所使用的賜力多寡，都會有所影響。以林冲做的實測來說，如果是微量衝擊做防守時，賜力可以連續三個鐘頭。但若是使出比如擊破直徑兩公尺大石頭的衝擊波時，最多就是十二次左右。過度運作，當賜力透支到底後，同一者也會昏厥。

所幸賜力不會完全消竭乾枯，只要休息，就能夠復原。而且經由鍛鍊，身體能夠含有的賜力也就會愈多。簡單來說，體能越好，同一者就能有越多的賜力。罡煞九式除是基本攻防練習外，其實更有精進體力的功效。

猛獄小隊心滿意足的飽餐後，把空的餐盒與保溫杯都交給朱富，放回地藏巾。

燕順歪著頭，問戴宗：「剛剛拿的內衣內褲，是不是做工有問題啊？」

朱富嘿嘿笑著，不懷好意的樣子。

宋萬則說：「眞是大驚小怪。」

燕順、周通和林冲卻是莫名其妙。

戴宗的回覆很直接：「剛好這一批是專門供應給貪狼圈的女子使用，所以會比較強調華美的程度，以及，嗯，所謂的情趣。妳們過些年就懂了。但並不影響品質，用的布料都還不錯，放心吧。」

周通立刻恍然道：「原來如此啊。」

燕順則是臉頰一紅。她和周通都已經快二十歲了，多少知道一點情慾之事。貪狼圈以女性賣身爲主，也就是這些內衣褲的作用呢，就是要讓刺激男性購買欲。唯林冲一知半解似懂非懂。即便她還不通曉賣身的意指，但貪狼圈一向是女孩們最畏懼的星圈，這點再確定不過了。據說那裡極其凶暴殘酷哪！略有姿色的女孩往往都要被迫到貪狼圈裡。像孫二娘就險些被賣到貪狼圈裡，也因此，她和楊志才動念逃離天同圈，可惜被捕捉了。猶幸啊，上一代林冲在施老師的授命下，緊急出動，帶著朱富前往援救。

林冲提出疑問：「猛獵出動時，不會過度拿取物品，是因爲害怕給女孩惹麻煩？」

猛獵五人面面相覷，像是從來沒有想過一樣。

戴宗抓抓臉頰：「我們倒是完全沒有想過會讓工作的女孩們遭殃。」

「東西夠用就好，幹嘛多拿？寶藏嚴不需要過多的囤積。」朱富理直氣壯回應。

「對啊，我們跟物資過剩的超臺北可不一樣。」燕順說。

周通接口道：「其實，我們就算拿多一點，也應該沒有人知道少了東西吧。」

宋萬滿腹怨氣地講著：「他們才不會在乎少了多少東西，工廠製作太便利快速，他們生產的遠大於所需。這裡的每一家工廠的倉庫都滿了，全部都是衣物，好多箱子上積滿灰塵，不知道多久沒碰了。妹妹剛剛也看到了不是嗎？明明人口沒有那麼多，能夠使用超幣進行購買的人又只有男人，還這樣瘋狂日以繼夜地大量產出，當然會都是囤貨。而且，他們還不賣給下等女性，也從來不需要盤點，就算眞的注意到有什麼東西不翼而飛了，多一事不如少一事的心態，也會讓他們視若無睹吧。管理者可不想被上頭的人追究哩。」

林冲又意識到一件事，超臺北生活的模式還隱隱留在自己心中。她太習慣每間工廠都有物品過產、倉儲爆滿的事實。以前，她所在的天同圈工廠也是這樣。超臺北的建物很多，只要整理打通一下呢，要多少空間有多少，囤貨非常的方便。林冲過去所在的工廠，是一間原來叫作誠品生活的大建築，五樓是管理者的寓所，四樓是所有女孩的宿舍，三、二樓是女孩工作的地方，放著製造衛生紙與衛生棉的半自動巨大機器，一樓則是倉儲，眞的是堆滿一箱又一箱的衛生紙、衛生棉。

但她們卻沒人敢隨意拿來用，明明是用不完的衛生紙，卻只能接受一定張數的配給，非常少量地用，所有女孩卻都不覺得奇怪。應該說，沒有人膽敢發聲抗議。因爲她們都被各種暴力對待著，是處在超臺北社會的最下階人種。

反倒是在寶藏巖，衛生紙的供應是不缺乏的，因爲猛獵小隊能夠一次補進所有人需要的量。對林冲來說，能夠自在地使用衛生紙，眞是神奇無比的事。至於衛生棉，月經才來三個月的林冲，也是非常感激，有這種能夠快速吸血的事物，眞的是太好了。她記得，工廠女孩們比較早發育的，好幾個經常都是穿著充滿血汙的衣褲一整日，終究衛生棉每個月也只有配給一片，往往就是第一天就機能頓失，一班來說只能用些布條胡亂塡塞啊。

過去，想起過去的事，總是像回到絕望的陰暗裡，讓人難以暢快呼吸。

第42話

走在七殺圈的街道上，沒有在隱神液的保護下，讓林冲頗爲緊張。出發前，她問過大家，爲何不直接喝隱神液就好？但戴隊長她們的意思是，每個星圈特性不同，天相圈都是製衣工廠，大部分的人都留在室內，街上有人但並不多。相反的，七殺圈卻是人流甚多，很容易接觸到其他人，若是一個不小心碰撞，讓警覺心比較強的人，乃至於終截局安插在各地的探員察覺的話，反倒會暴露行蹤。

現在的林冲外表是穿著灰色長衣長褲，僞裝成來自天同圈的超臺北男性。其他的猛獵亦然。她們全體都配置了一個能夠變異容貌的造像衣。這當然也是賜具，源於宣贊的地傑臉譜。戴宗這時是穿藍服的廉貞圈男子，宋萬是棕衣天府圈，土黃色穿著的朱富是天梁圈，紫色衣物的燕順化身成天相圈之人，周通則是來自天機圈，身上是綠色。她們刻意分開來走，但都在彼此的前後左右，時刻注意動向，不至距離太遠，確保猛獵小隊沒有失散的疑慮。

宣贊的地傑臉譜雖命名爲臉譜，但其實只要呼喊出她的絕鋒，包含性別年齡乃至身形高矮胖瘦與嗓音等，都可以維妙維肖地變身。林沖親眼見證過宣贊化形爲孫二娘，與眞孫二娘走在一塊兒，林沖無從辨認眞僞。最後，只能透過兩人間的私密互動尋探蛛絲馬跡，找出誰才是眞的孫二娘。而造像衣完全複製了地傑臉譜的功效，只要不是遇到被仿冒者的熟人是沒有問題的。所以，她們才各自挑選了不同星圈的人變容，分散被拆穿的風險。

猛獵小隊每個人身高、體型、個性和能力都不同，最高的宋萬有一七〇公分，戴宗是一五一，朱富一六五，燕順和周通分別是一六一跟一六二，林沖自己是一五二，現在可比隊長還高。體重方面，朱富是八十公斤，戴宗三十九，宋萬五十，燕順是四十八，周通是五十一，林沖自己呢，如今體重來到四十公斤。髮和膚色也都不一樣，戴隊長是銀髮黃膚，林沖和朱富也是黃膚，髮色方面，林沖是褐髮，朱富爲黑髮，宋萬則是黑髮灰膚，周通是淡淡棕膚色和黑髮，燕順是搶眼的紅髮白膚。但眼下呢，因爲造像衣的緣故，同一者們全然地長成不一樣的人，委實教走在最後頭的林沖稱奇不已。

要在超臺北要認出哪一個星圈的人毫不費事，因爲不管是民服和軍服，每個星圈都有自己專用的顏色，比如天同圈是灰色，天相圈是紫色，像七殺本圈人都是粉紅色衣物等等。

而民服與軍服的差異，則是士兵軍官們的衣物後背處會有星魔軍的圈徽，如天同星魔軍是一個碗狀的圈徽，天相區則是鞋徽，七殺圈呢是劍徽。衣物上多了一個特殊圈徽，就代表了特殊地位。當然了，軍隊層級越高，圈徽就會越多。服飾上有一個星魔軍圈徽的是下階，有兩個的代表是中階，上階有三個圈徽，四、五、六呢分別是下品、中品、上品，七、八、九個圈徽則是軍隊最高級，名之為下頂、中頂和上頂，地位僅在星魔之下，而星魔本人則會有十個圈徽。

猛獵小隊所偽裝的人，都是普通的常民，她們可不想引起太多關注。星魔軍在超臺北裡相當醒目，畢竟他們是真正的掌控階級。相較超臺北以服裝分門別類，寶藏巖全無服色與形制的管控，五顏六色、五花八門，寶藏人想穿什麼就穿什麼。

在腦中調動這些資料性的東西，對林冲來說，會令自身有安全感。她的人生截至目前為止，真的生活過的地方只有天同圈和寶藏巖。其他地區，對林冲來說，俱是無比的陌生啊。

而七殺圈的主力產業是遊戲，各種形式的遊戲，從樓牆巨大螢幕、立型機器到連接電視的小遊樂器，平面到立體乃至實境遊戲等等，一應俱全。以中華路、長沙路、環河南路、忠孝西路爲界的區域，即是七殺圈，跟到處都是服飾的天相圈大不同，這裡是另外一種浮華領域。所有人都沉迷於當前正在進行的遊戲，眼神專注，表情痴狂。有人在畫有圈圈叉叉的方格上瘋舞，有人在直立機器上狂轉搖桿，有人打擊，有人高歌……

眞是狂喜的娛樂世界啊！

別號電之城的超臺北，在電力供輸上完全不成問題。雖然沒有人曉得究竟電的源頭爲何——這個城市並沒有能夠運轉的電廠啊。在舉世絕滅後，製造人類文明所需電力的核能電廠，早就喪失功能了。

七殺圈。這是猛獵小隊此次行動的第二目的地。但並不是爲了物資竊取，而是將施老師想要的物品帶回寶藏巖。她們先在中華路上長滿植物藤蔓的車陣中，找個隱蔽的角落停下，將自速板收回到朱富的地藏巾，各自將從頭到腳連體、包含頭套、腳套的造像衣穿好，變身爲超臺北人，戒愼地步行進入七殺圈。

猛獵小隊得在七殺圈找到一個特定的玩偶。

第43話

一路走馬看花，也就到了萬年商業大樓裡。猛獵們分批進入，不惹注目。

一種遊蕩的氣氛，漫渙在高樓內。這裡沒有遊戲設備，全是一些小人偶和玩意兒，店舖裡滿滿的都是，她看到東方仗助、空条承太郎、漩渦鳴人、旗木卡卡西、宮本武藏、佐佐木小次郎、竈門禰豆子、煉獄杏壽郎等偶體，讓人眼花撩亂。

林冲今年眞是經歷了太多的刺激，從接受永無的召喚，逃離天同圈，抵達寶藏巖，變成同一者，學習運用賜力、絕鋒和戰鬥技術，理解到過去以爲的超臺北其實只是天同圈，根本不是電之城的全貌。

世界原來是那麼龐大多樣的存在，自己的認知著實太狹隘了。

而今天她們要找的是空条徐倫。那是漫畫《JOJO的奇妙冒險》裡面的主人翁。林冲一個半月前才翻完系列第六部《Ocean Stone石之海》，正邁向第七部《Steel Ball Run飆馬野郎》。徐倫是第三部《星塵鬥士》主角空条承太郎的女兒。林冲很喜歡徐倫的替身能力，她的石之自由是線構成的替身，能夠結網防禦，也能夠變成很長的線，又柔軟又堅韌。林冲希望自己也跟空条徐倫一樣，有同樣的堅強與自信。

為什麼施老師要徐倫呢？難道施老師也喜歡漫畫書，喜歡收集玩偶，像李立一樣？林冲去過李立的屋子，整個房間都是各種漫畫的人偶啊。但她並沒有很愛讀漫畫，李立就只是對各種偶偏有興趣。周通還取笑過李立，最後會不會變成《傀儡馬戲團》裡的法蘭西奴呢？林冲倒是想著，會不會是因為李立的絕鋒是地奴絲線，絕鋒能力就是能夠透過線去跟物品建立關係予以操控，所以才特別喜歡偶物呢？

無論如何，漫畫在寶藏巖裡是很大的娛樂，跟籃球一樣，都有非常多人喜歡哩。因為文字少，又是圖像多，就算識字不多的人也可以輕鬆理解。像蕭讓、潘金蓮和西門慶那般熱愛閱讀文字書的人，是相對罕見的少數人。

基本上呢，尋物的任務都是由猛獵小隊執行，但偶爾施老師也會指示其他小隊順道帶回。聽說先前施老師委託尋找的事物千奇百怪，譬如貼紙、杯、瓶、籃子、背包、方巾、花朵、畫、木頭、梳子、項鍊等等，完全難以預料啊。

施老師也是同一者嗎？他的絕鋒力是感應？老師找這些東西到底有何用處？

她們抵達三樓後，戴宗打出祕密的手勢，要猛獵小隊在轉角處的廁所裡會合。兜兜轉轉了好一會兒，她們分別進入。先入內的戴宗已經確認過沒有人。戴宗對朱富點點頭。朱富立刻手往肩上的包袱掏摸，拉出一大片棚布。周通、燕順、宋萬和戴宗各自扯住一角，掀翻開來，好像搭起一帳棚。所有人都躲進去，包括還不知曉能夠做什麼的林冲也照做。

戴宗立刻解釋：「這是自封棚。在這個棚子裡的空間被封印了，也就是從原來的空間被暫時獨立出來。換言之呢，就算這會兒有人進來廁所，我們的身形和語聲，都不虞曝光，無人可見可聞。」

朱富長吁了一口氣，「總算可以放鬆一下了啊。」

宋萬嗤之以鼻：「行動都還沒有開始呢，窮緊張什麼。」

林冲猜想呢，自封棚一定是含有朱貴的賜力，只有地囚印能把空間封印，或者說切割空間，製造不露聲息的封鎖場所。突如其來的，有個明悟來到林冲心中，猛獵小隊並非獨自行動，有賜具可以輔助，就像同一者姊妹也跟著來到凶危現場。

「好了。」戴宗立即切入正題：「等等我們就要展開任務。有勞宋姊姊和燕妹、通妹分別在這層樓的東、西、北三個角落製造一些騷動，謹記不要傷人。朱姊和冲妹則尾隨我。」

第44話

解除自封棚後，猛獵小隊分頭進行。周通在東角，抓準顧客們專心挑選玩物之際，偷偷施展地空管，放出幾道煙火，炸翻了店家在門外疊高的箱子，引發了小型火災。當下，自然就一陣乒荒馬亂了，有些人急著救火，有些人急著逃出。

周通一動作，趁眾人注意力聚集往東角，燕順局部變化，右手掌變成虎爪，猛然一扒，玻璃爆裂，再添驚亂。宋萬則是躲在北角，搖起地魔幡，惡作劇調出十幾隻妖怪幻象，衝向超臺北男性，頓時整個三樓都是東逃西竄怒吼哀嚎的人影。

戴宗則是安然地帶著林冲、朱富直接去至目的地。施老師早便告知空条徐倫像在哪一樓哪一家店舖裡。三人很快巡視一遍，就在某個玻璃櫃看見了玩偶。戴宗伸手取出人偶，迅快地遞給朱富。朱富接過後順手收入地藏巾。

「妳們在幹嘛？」有個男人在她們背後咆哮。

林冲轉頭看，是一名穿著粉紅衣物的七殺圈當地人，正怒氣衝天地奔來。林冲下意識地往前踏步，圖紋閃過臉上，天雄矛在手。七殺圈男發了一愣，滿臉不可置信，怎麼會有矛這麼古老的武器咧？而且平空出現？

其人未及反應，林冲的天雄矛就已經刺了過去。同時她也發動賜力。

戴宗一回頭覷見了，「妹妹留情，莫要殺害一般人。」

林冲卻是不帶殺意的，她僅是用矛頭蜻蜓點水似的側拍打那男子，發出了最小限度的衝擊。一股無形的波動，震穿了七殺圈男，天旋地轉入侵，三秒內他整個人軟癱，昏厥倒地。

林冲答覆道：「姊姊放心，這人沒事。」

她對男人沒有恨。林冲知道，戴宗方才發聲是怕她想要殺害這名男性。但她不會的。也許，脫離超臺北的人心中，都不免要藏著某種鮮烈的怨恨。尤其是女性們都遭到整個城市體制的壓榨迫害。林冲甚明白，他們都是錯的，活在錯的思維、行為模式裡，但他們並不可恨。這些活在超臺北的男人，無論多麼頤指氣使、逞凶鬥狠都是可悲的。他們過的不是生活，他們其實就是想要存活。他們只是被暴力規訓著的野獸，被整個社會逼迫著必須依賴力量，想要一直變強，為了讓自己爬到更高位階。

他們所相信的一切，多麼可笑。

當然了，林冲不會可憐他們。因為，他們如果有自覺的話，不會落入如此陷阱裡。唯林沖也曉得，能夠擺脫超臺北環境的宰制是極其困難的。如果不是永無，如果沒有寶藏巖，她至今也是一個被超臺北完全束縛的十四歲女孩。

戴宗點頭，跟朱富離開店面後，領著林沖，迅速回到廁所。其他三人也都到了。

戴宗對林沖開口說：「勞妹妹助一臂之力。」

「隊長請說。」

「請妹妹把賜力灌入外頭牆面底部的插座裡。」

林沖不解。

「天雄矛的衝擊力，應該可以讓這層樓的電力過載。」戴宗輕快地解釋。

朱富懷疑地說：「爲了變成全黑一片？」

「電力消失這件事，對超臺北人來說，是無與倫比的恐怖。」戴宗道。

林沖瞭解戴宗所講的，崇信萬劫教的人們，一直認爲電力是萬劫贈與人類的能源，有電力就有文明。若是電力消失，就意味著萬劫震怒。超臺北人一向習慣灰暗的世界。而光亮是來自電，並非太陽。實際上，日光在無窮落下的輻射塵裡，根本無用武之處。世間之火乃是由萬劫所降的。萬劫像在夜間是超臺北唯一的光源，就象徵了超臺北人的內心狀態。只要萬劫全福，所有難題都可以解決。超臺北能夠在末日大戰後依舊保有生活水準，不都是萬劫帶來電力與鋼鐵的緣故嗎？

再不遲疑，林冲現出天雄矛，對著插座，放出賜力。

電光炸亮著，一陣霹哩啪啦響後，所有燈光照明全熄。

第45話

猛獵小隊隨著混亂的人群，安然地撤離萬年大樓。整個七殺圈也為之躁動，人人都在關注在電力瓦消。為何呢？臉上浮露驚恐，不可控制。林冲想起，以前的自己也是這樣的。如果萬劫不再降福世界了，全面死亡就要到來了。

舉世絕滅的龐大陰影，一直存在超臺北人的心中，不散不去。

林冲聽過蕭讓談論這件事，那就像是更古老的人看見太陽消失了的感覺一樣。蕭讓當時的聲音是憂傷的：「其實，文明眞的是半死狀態了。超臺北不過是留下文明的表面，僅止工業與技術，根本不重視知識。人類被大毀滅侵襲才短短50年，所有的傳承幾乎都斷裂了。超臺北人的心智是徹徹底底的大後退，竟然把電力維持視為世界存續的最高象徵。如今，唯獨我們寶藏巖還守著文字與知識這樣的文明核心。」

超臺北的確沒有人在乎書籍或紙筆。縱使有天機圈供應林木砍伐，但天同人還會把所有紙張、書籍什麼的，全都搗爛打成紙漿，重製成衛生紙。林冲又想到，寶藏巖沒有電的原因，並非強制或要與超臺北別苗頭對立。基本上呢，寶藏巖與超臺北的價值觀就是截然不同的——寶藏巖喜歡守護人類的傳承與自然，超臺北卻是工業與機械製造，尤其是對永生不死的執著。那些上位者據說都機異化了，亦即身體經過金屬鋼鐵的改造，有些連內臟也變造過了。

順應自然是永無信仰的重要環節，寶藏人都盡力於有限度的使用，不追逐過多的製造，所有食物都會有人吃完，美味但不奢華，衣物也都是從超臺北裡拿回，對土地的使用也不過度，希望一切都維持在最合理的限度裡。電力是太多餘的東西，有火光就已足夠。林冲去至寶藏巖後，方自瞭解到電力與機械的組合，讓事物的製作變得太快速了。而且，階級式的體制，也讓某些人獨攬追逐慾望的權力，超臺北沒有從舉世絕滅裡得到教訓哪。

思索是一件美麗的事。林冲一再確認著。唯有思考，才能讓人脫離原來的位置，找到超越性與更高觀照的可能，不會被自身的無知侷限住。變成寶藏巖人、同一者後，林冲終於知解到人與世界美麗的樣貌。

猛獵們維持分散，保持偽裝，驚惶人群也如，從西寧南路走向桂林路，然後集結於重熙門。這一帶也屬於荒廢區，她們警戒了一會兒後，確認周遭無人，才取下造像衣，回復原貌。

宋萬忍不住抱怨：「這套連身帽衣實在太悶熱了，全身汗啊。」

放鬆下來了的朱富說：「多虧有它，我們才一切順利呢。」

「不然咧？」宋萬一副「有我出馬哪還用說」的模樣。

燕順甜甜地笑著：「能夠平安地結束行動，真是太好了。」

周通的藍眼珠也湧現雀躍感。

「任務完成。」戴宗眼底是輕快的笑意。

林冲想著，原來也不是只有自己緊張，大家都一樣啊，只是都沒有人表現出來。也許只有自己最笨拙，常常處於被指導的狀態。我得要更努力、加油才行，不能成爲大家的負擔。林冲素淨的臉上跳出堅決的表情。

猛獵小隊繞過重熙門，城門口早已被爬滿的樹藤，塞得完全封死了。這一帶已脫離七殺圈，她們說說笑笑，表情輕鬆，準備安返寶藏巖。而就在猛獵們走過重熙門之時，劇變陡生！

高速旋轉的一公尺金屬錐子，從漫布的植物中暴烈鑽出！

第46話

兩把急旋的利錐對準了戴宗的雙腳。

鮮血噴濺。戴宗中伏，瞬間頹然倒地，雙腳變得血肉模糊。

猝不及防的發展，令得猛獵們毫無反應能力，個個錯愕呆愣。

兩公尺高的狂獸怪物，從城門後暴起，凶錐暴轉，割裂周邊的亂藤草樹。那是孳羊獸，終截局的十二凶獸。孳羊獸狂笑道：「我早說過了，終有一日，要妳們這些賤人全都死在我蹄下！」

宋萬頭一個鋒擁，搖起地魔幡，呼妖喚魔，讓重熙門變為淒風苦雨、愁雲慘霧之地。燕順的頭上旋即浮現地強帽，化身為巨虎，氣勢萬千地猛撲孳羊獸。周通的地空管在手，炸裂幾十道煙火，直攻孳羊獸的臉目。朱富則是趕緊抱著戴宗往後退，不讓隊長再受到戰鬥波及的傷害。四人間的搭配好極了，果然是長期合作的團隊。

而林冲驚駭得動彈不能。看著姊姊們的緊急應變，她腦中卻驀然想起關於燕順的衣物去了哪裡呢——後來，她真的在李師師那兒得到解答。李師傅是奇學師，專門研究賜力、絕鋒與同一者人體的關係，學問很高。與蕭讓珍藏文學書籍不同，李師師的房裡都是一些物理、數學類的奇學書籍。她的說法也很玄，意思是當燕順虎變之際，絕鋒會瘋快地改變、重整人體細胞和物質微小元素，於是，身上的衣物會悉數化作虎毛與虎紋。

人的思緒，真的是完全不受控制的東西啊！

緊急時，戴宗偏了偏身體，僅被尖錐擦過雙腳，猶幸腳骨沒有被貫穿。但傷勢嚴重，兩條小腿的肉被削走大片，腳掌也爛裂，幾不成形。忍受著劇痛的戴宗，滿臉冷汗，但仍舊保持清醒，觀情察勢。

「老子先壞了妳這賤婦的雙腳，我就看妳的妖法還怎麼使！」顰羊獸一邊斜睨戴宗、得意洋洋地說著，一邊用兩隻手變異的尖錐，揮開迎面而來的煙火，反擊金黃巨虎。

宋萬狂搖地魔幡，著急地問：「隊長傷勢如何？」

「當務之急，先擊退眼前的怪獸啊！只要盡速把隊長帶回寶藏巖，有安道全在，任何傷勢都可以痊癒。」朱富迅速地下判斷。戴宗腳傷甚重，但地靈盆能夠把創傷轉移。猛獵小隊有自速板，她們很快就能返抵寶藏巖。

擎羊獸暴嘯：「妳們誰都別想離開，全都得變成我錐下的死屍。」

燕順之虎的巨爪，碰上鋼鐵金屬又高速旋轉的尖錐，雖是猛獸之體，但也終歸血肉之軀，立添裂口。她迅速調整戰法，猛衝高跳，爪子急襲擎羊獸無機異化的臉部，迫使凶獸不能分神進逼戴宗。再加上周通的煙火絕鋒，也極具殺傷力，硬要將擎羊獸留在原地。激戰中，煙塵與草木斷屑飛揚。擎羊獸疾奔，衝向周通，兩根鋼鐵錐瘋旋，掃蕩煙火之餘，更將猛虎巨軀震得老遠，且長腳伸長踹前，把周通踢翻。而宋萬趁亂，藉由萬千鬼影的掩蔽，欺進擎羊獸，地魔幡的幡布掃拍擎羊獸的身軀。

「這軟綿綿的爛竹幡能起什麼作用。給我滾！」擎羊獸輕賤無比講著，左後蹄一踹，高瘦的宋萬當下被踢得飛起，著地翻滾好幾圈。宋萬慘嚎幾聲，但一停下勢子後，立即站起，跛著腳也還要與擎羊獸搏鬥。

而擎羊獸對地魔幡的輕忽，讓他也吃下苦果。當他把宋萬蹴飛之際，忽然腦中就塞進了一個幻影地獄——厄夜裡的鬼怪妖魔悉數成真，扯著揪著黏著咬著抓著滾著撕著纏著追著……而且擎羊獸毫無招架能力。那不是體外的幻象，不是憑藉肢體就可以驅除的鬼影。宋萬的賜力一打進身體裡，就會直侵腦海，蔓延成各種幽暗恐怖的怪象。在那裡，所有的傷害與痛苦都變得無比真實。擎羊獸的紅眼珠變為黯淡，空洞無神，臉容上都是驚駭，硬是被留在最深也最恐怖的惡夢底。

猛獵小隊的戰力，也許不是最強的，比起星火、破曉小隊，猛獵成員的攻擊性是略遜一籌的。但她們的絕鋒各有奇效，雖非破壞力強大的種類，但組合起來可不容小覷。堂堂終截局凶獸可也無能奈何啊。

宋萬急著往前再補一記，地魔幡拍進人腦的幻象魅影，是有時限的，地魔幡每拍中一下，就有五秒的絕對恐懼體驗。她絕鋒的限制就是，如果是針對空間，必須不斷搖動地魔幡，若是打在人體，就得以地魔幡持續拍打方能奏效。猛獵成員都曉得這件事，紛紛搶前。燕順的虎體掙扎爬起，重振旗鼓，雄壯的肌肉運作著，馳向敵人。灰頭土臉的周通亦然，即便渾身擦撞傷，仍舊跑起來，想要近距離以地空管對擊羊獸肉臉轟上一記。

朱富情急下，也想前撲，與姊妹並肩作戰。戴宗連忙扯住朱富。朱富的地藏巾確實也有她的作戰方式，但此時裡頭可是收納著寶藏巖的物資，更何況施老師需要的人偶也在其中。朱富一上前揮舞地藏巾，若有毀壞，怎對得起老師呢！

戴宗強忍裂痛，高喊著：「林冲妹妹，快救她們！」

第47話

十個月前的挫敗，讓擎羊獸耿耿於懷。他完全無法容忍自己竟然會被那群低等人逼退，尤其是嬌小的銀髮女奴。身爲終截局的十二巨頭，他怎麼可能會輸給一名小賤人呢！

沒有哪一支星魔軍願意與寶藏巖全面開戰，裝模作樣維持超然的聖赦部，更是不可能有動作。其實，局內巨頭們也不是個個都有心收拾寶藏巖。而一般超臺北人總認爲雲霧撩亂的寶藏巖，那是荒蠻野怪之區，總暗生懼意。反正他們也不曾進犯超臺北，彼此相安無事有何妨呢。擎羊獸卻極度不齒如此的觀念。超臺北是而今的人類之國，怎麼能容忍有一心腹大患就在左近呢？無怪乎，終截局的地位永遠在聖赦部、星魔圈之下，根本就是終截頭子們的不爭氣哪，明明就是獨立的單位，但總是受制於七劫騎與十四星魔。

說得難聽一些吧，十二凶獸不像高位者，壓根是次等人。再這樣下去，遲早有一天被那些高高在上的劫騎、星魔撤除終截局。終截局原就是在七劫騎的主意，並讓十四星魔簽訂協議下所誕生的，負責跨星圈的行動，希望在偵察、追捕等可派上用場，以期弭消星圈之間的糾紛與矛盾。換言之，終截局原先就是星圈間的橋樑，司職於聯繫溝通。但星魔們從來不會好說話，十二凶獸經常碰壁不講，有些頭子更是被星魔吸收了，反倒又風波暗生哩。

擎羊獸對局勢有諸多不滿，但以他一己之力什麼都改變不了。但如果能夠有大創舉，比如將寶藏巖佔領，那麼也許，他就能成為另一位有自治星區的星魔。十五星魔又有何不可呢！再進一步想，如果說擎羊獸能夠控制那些有妖術的女奴，甚至吸收她們的怪奇能力，變為星魔之王也是指日可待。屆時，管他七劫騎或十四星魔，都要臣服於擎羊獸之下。

而今，他旗下擎羊團僅有一百人可用，下屬來自十四星圈，全都些廢物，好的人才無不加入了星魔軍。剩餘的，才輪到他們十二凶獸，東挑西撿，不過也是一些爛材。但擎羊獸也只能物盡其用了，只要他們老老實實地遵循他的意思，戮力以赴就行了。他收集資訊、綿密部署了近十個月啊，命令手下四散到各星區監控。每天，擎羊獸都在密切關注各方訊息，只要一有騷動，再芝麻小事也無輕忽。

總算萬劫全福，或許就是註定他擎羊獸要成為一方之霸，乃至超臺北共主，那群小竊小盜果眞露了形跡。情報收集與整合，原就是終截局的職務，再加上擎羊獸日以繼夜的分析，總算終於逮到了這群賤鼠。只能到超臺北行偷竊之事，果眞奴囚之輩，不值一哂。安插在七殺圈的部屬，聲音驚慌地傳來訊息說是萬年大樓電力忽然全消，就必有古怪。擎羊獸推估他們的路線，急忙調動擎羊團在七殺圈外，特別是通往寶藏巖的幾條主幹道埋伏，自己則火速到重熙門——他的直覺果然沒有錯哇！

超臺北有飛訊，那些落後無知的妖女們行蹤，便無可躲藏。飛訊是這兩年間，破軍圈才開發出來的祕密通訊機器，將末日大戰前的人類、那些滅人在使用的對講機改造，範圍八十公里內都可以透過飛訊傳聲。過去的滅人，似乎能夠遠距聯繫，他們有一種奇怪的能力，但那個即便相隔數萬公里仍舊比鄰而居的法寶，如今早已被消滅了。不過，他們留下的東西，破軍圈正傾全力研究著呢。

擎羊獸可是動用了各種人情與人脈，才勉強借來十五台飛訊，這會兒可是大收奇效。聽說破軍圈近來試圖復活舉世絕滅之前的監視系統，如此一來，對超臺北的大一統更有幫助。但擎羊獸也心生警戒，看來破軍星魔心有壯志，另有鴻圖呢。

第48話

五——

宋萬、巨虎與周通心有靈犀地一起朝擊羊獸衝去。

四——

她們距離終截頭子只有四步了。

三——

周通的煙火已噴出。燕順的虎爪張揚。宋萬的地魔幡如此逼近。

二——

猛獵三人的攻勢就要觸及。

一——

驚恐表情從擎羊獸臉上退去，紅眼珠亮如艷火，他已回神。

零——

擎羊獸的蜷曲羊角倏然伸直，帶著刃鋒般的銳利，彈向同一者們。

就差那麼一步啊，羣羊獸的手錐、獸腳確實來不及反應，但他的怪角居然可以變直，而且像是鞭體一樣，迅烈地甩擊在虎軀、人體上——簡直像是顧大嫂的地陰軟劍啊。

然則，巨虎忍住疼痛，一頭撞上羣羊獸身。宋萬與周通則是被鋒銳、軟劍般的羊角抽打得鮮血淋漓，倒地難起。而翻滾的同時，燕順之虎拚命地撲在羣羊獸，前後四隻虎掌瘋狂抓擊，務使羣羊獸無可分神對付姊妹們。

燕順在心裡大喊著永無同在，抱著死志誓與羣羊獸糾纏到底。

而鋼鞭也如的羊角，有意志似的回擊，便要貫穿巨虎。

宋萬雙眼暴睜，撐起渾身浴血，往前爬動。「你這該死的怪物！」

「住手啊，住手！」周通兩眼冒淚，死命地蠕動起來。

朱富用力甩開戴宗的手，圓胖的身軀瘋跑起來。

戴宗拖著重創的腳，用手爬著，她要救自己的隊員，一個都不能死。

鐵羊魔物則狂亂大笑，眼看角刃下就要有祭品了，得意萬分痛快非常。

猛然！一支發亮的矛驀然現體，就伸在羊角與虎體間，一股衝擊爆裂開來。

羊角陡然碎裂！

緊接著，矛柄架開了金黃大虎，柔力一展，將燕順回送到地面。而後，矛尖伸吐變化，刺向了擎羊獸。

擎羊獸急忙中側頭一偏，天雄矛的衝擊波擦臉而過，留下創口血痕，他暴跳如雷。堂堂十二凶獸如何可能因爲一下賤人種受傷？這是不可允許的。怒火蒸騰，擎羊獸的紅眼睛燃起怒火，手之鐵錐發出銳響，狂砸向持矛攻擊的少女。

林冲往後翻，避過錐擊，並重整姿勢，臉上異紋浮露，表情極其專注。她方才使出罡煞九之輪式，神妙異常地護住了姊姊，同時攻防一體的，反擊了擎羊獸一記。得手的瞬間，她紮紮實實地瞭解到，自身的能力確實足以與敵人一戰。

同一者們動作停頓。對了，猛獵小隊還有林冲呢，破壞力極強的天雄矛！

擎羊獸嘴噴口沫：「以萬劫爲名，今日要讓鼠種全都葬身此地。」

林冲卻不答話，她對這人物著實厭惡，爲啥對戰還要饒舌呢？而且，句句都要採取居高臨下式的激情語調？彷彿如此一來，大家就都會怕了他的雄風不成？簡直無聊。林冲的心底生起輕輕的嘲諷。她憶起過往在天同圈裡聽命的、姿態極高的人也大多都是如此貨色。眞是可悲哪，那一切。他們盲信，唯獨男性足以具備力量這種事，荒唐可笑得無以復加。

擎羊獸胸坎裡，充斥著即將晉爲輝煌之王的心情，就從廢了眼前六隻小鼠，開揚他的無雙霸業吧。他啓動了更高階的機體變化，背部就長出六道與他有伸縮力與韌性的羊角同樣性質、但剛硬度更甚的武器。

姊姊們都受傷了，我得要守護她們。如今有戰力的，只剩下我了。朱富姊姊的地藏巾不宜於作戰使用。而且要快，如果讓終截局的援兵到了，或惹出更麻煩的星魔軍，她們就更難脫困了。林冲穩住心神，徐慢呼吸，天雄矛直指擎羊獸。

擎羊獸獰笑著，眼底都是不屑，在他的價値系統裡，女性想要對抗男人根本是不可能的，毫無勝算可言。他的驕傲比天還高，將來他可是超臺北之主哩，何況是面對如此孱弱不堪的下賤人。女孩子不過是殘缺品罷了。擎羊獸動用高階機變，已經算是瞧得起她了，能夠在他的鋼之觸手下五馬分屍可是一種榮耀哩。擎羊獸完全忽略掉方才林冲之矛攻破他羊角的事實，他陶醉於自身的夢幻底，甚至帶有嬉戲心，像是逗弄一般對待面前的女孩。

妳不是孤軍奮戰。從來不是。我們與妳同在。永無同在。

林冲聽見了體內的細語，她不等擎羊獸的凶器逼來，主動採取攻擊。

第49話

林冲居然沒有選擇防衛，而是無畏無懼衝過來。終截頭子煞是吃了一驚。但事情不會有任何改變的，他依舊保持游刃有餘的態度，兩支鋼錐推前，六道如鞭的鐵觸手往前甩揮，啪裂作響，猶若電擊。瘦弱的小蟲在全力出擊下必然支離破碎啊。

賜力在體內高速竄動著。林冲將部分賜力注入雙腿，猛地跳起。賜力瞬間加強了她的彈跳力，林冲直蹬了離地有五公尺高，天雄矛從天而降，罡煞九式．躍式，猛刺擎羊獸的頭部。

擎羊獸心中又受到一回刺激，別說是女孩了，人有可能跳這麼高嗎？果然是妖術吧。據終截局情資所示，這賤人十個月前才從超臺北叛逃，短短時間裡她究竟在寶藏巖裡學到了什麼？擎羊獸四條獸腿疾旋，避開了林冲矛勢。

面對人機獸一體的兩公尺怪物，林冲的心清智明，她感覺到敵人的輕慢與驚駭。而賜力讓她的軀體動作可以突破極限，展演驚人的高速與力量。林冲絲毫不敢懈怠。如此大量使用賜力，無法支撐太久。她得盡快打倒終截局頭子。

錐與觸手更狂亂地舞動起來，擎羊獸屢次拿她不下，愈發憤怒，無從冷靜。若是讓人曉得，貴爲十二凶獸的他，連一名弱小如蟲鼠的女孩都不能瞬快地擊斃，對擎羊獸威名可是大大折損。他心下一亂，機體武器舞動得就更急了。

林沖落地，一滾，天雄矛橫移，顯現了橫掃千軍的威勢，攻襲敵人四腿。

擎羊獸每一隻獸腿都無比地粗壯，經得起擊打，但這些人可不能以常理計哪，有妖術的啊。即便，他已經氣急敗壞，但仍舊有點理智，曉得不該讓血肉接觸到女孩的老武器。他將背後鋼觸手悉數移往下盤守住腿部，同時俯身，雙錐痛刺林沖。

林沖卻是虛晃一招，由蹲而勁跳，矛收側邊，人斜斜地掠起，衝向擎羊獸。天雄矛同時含蘊著極大的賜力，光芒萬丈，劃著圓圈，她運使著罡煞九式之環式，直射擎羊獸的機身胸膛。

猛獵成員們無不屏氣凝神，在心裡不斷爲林沖加油。

這不是羊送虎口嗎？擎羊獸狠笑著，就算鋼鐵觸手不及回攻，但小賤人可是對著自己的錐轉而來，這還不被刺穿大窟窿。堅硬的鋼鐵是最完美的。她死定了啊。擎羊獸更是用力往下戳。

而怪的是，天雄矛所圈動的環勢，將擎羊獸鑽過來的鐵錐卸往一旁，導致擎羊獸胸口全然大開，毫無設防。矛身且極速密集地顫動，豪光四射，變爲罡煞九式之破式，衝擊波炸出，正中擎羊獸胸間。

猛暴的衝擊之力，一口氣灌入擎羊獸體內。

擎羊獸還不以爲意呢，他的上半身，全都是金屬機械組合的，堅硬程度不在他的雙錐之下，破舊的古矛豈能生出什麼用處！然則，出乎意料的，矛尖碰及軀體的剎那，他感覺到一股強大的痲痺感穿透而來，機體冒出怪聲，像是內裡從未停擺過的零件卡死了。緊接著，身上爆出電光火花，快速旋轉的雙錐急煞而止，後背植入的觸手也悉數垂軟，巨大軀體也跟著往後崩倒在地。

林冲收矛靜立，瞧著機體損毀的擎羊獸敗倒，其眼中的凶光亦迅速消散。

猛獵們欣喜若狂地齊聲歡呼！

戴宗心想，蔣敬沒算錯，猛獵小隊今番任務的確需要林冲。沒有她，猛獵們將會面臨巨大折損。輕敵一直是對戰的大忌。不過，十二凶獸應該不會這麼想吧。他們太習慣了，太習慣女孩的微不足道與不堪一擊，以至於最終吃到苦果。

林冲則是憶起了幾個月前武松對她說過的一句話，唯一的一句話：「罡煞九式不是死的，是活的。」林冲初聽並不是很懂意思。然而，在一次又一次的對戰訓練後，她也略有所悟了。尤其，今天生死交關之際，她將環式與破式結合起來，環中藏破，一舉就將擎羊獸放倒，林冲完全瞭解到了罡煞九式的應用，可以極其靈活，組合兩式或三式，乃至於連擊，或許有機會也要挑戰九式一氣呵成的串連啊。

第50話

林冲與朱富將受傷的戴宗、宋萬、燕順與周通都搬到地藏巾上，而後她們在朱富絕鋒施展下，沉入巾體，消蹤失影。兩人則搭乘自速板，離開重熙門，直返寶藏巖。一到寶藏湖旁，霧氣感應到是猛獵小隊。沒多久，燕青駕著快舟前來，楊志與孫二娘也都在船上。眾人不及寒喧，先趕緊回寶藏巖。楊志運用賜力，以霧成字，通知安道全到廣場會合，以便治癒猛獵受傷成員。安道全呼喊出地靈盆，很快便將戴宗等人的傷勢轉移到盆中植物上，於是，四人又變回活蹦亂跳的健康樣。

林冲心中的緊張方自鬆解，憂慮感一過，她的雙腳似乎有點軟綿無力哩。

燕順和周通身體好了，立即妳一言我一嘴地大肆宣揚林冲剛剛在重熙門大戰的威風事蹟。朱富也才旁邊點睛地不斷插嘴補述。於是呢，越來越多人聚集過來，聽著新一代林冲首回大展神威的經過。

戴宗拍了拍林冲的肩膀，「妹妹表現好極了。謝謝妳救了大家。」

林冲兩頰燒紅，「如果我沒有呆住，隊長就不會受重傷了。」

「面對十二凶獸這等怪物，任誰是第一次都會傻住，無可厚非啊。妹妹的迅速振作，已經是再厲害不過。何況妳瞧我，現下不都是好好的嗎？無須對我感到抱歉。妳做得非常之好。」戴宗稱讚道。

從旁了解經過後的孫二娘也說：「依我聽起來，沖妹妹可是猛獵的大恩人。」

戴宗微笑道：「何止於此。從今日始，林沖妹妹就是猛獵了。」

孫二娘斜睨著戴宗，「人家可沒有應承啊。」

戴宗打哈哈，「只要出過一次任務，就是小隊成員。」

宋萬大表贊同：「沒錯，隊長說得對。等等我們就來舉辦入隊慶祝。」

「有這樣硬逼人入隊的嗎？要她跟著妳們出凶險任務？」孫二娘大翻白眼。

宋萬反駁說：「當小隊成員，也不一定每個任務都要出動啊。就說朱富吧，她雖然是猛獵的正式隊員，而且平常也愛囉哩八唆星火小隊有多麼危險，但星火有緊急需要時，她不也會扔下猛獵的行動，跑去支援星火嗎？」

孫二娘搖頭嘆息道：「宋姊姊的這種說法更讓人憂慮。」

「總之，不管妹妹想要進哪一隊，我們猛獵都把她視爲正式成員。」宋萬說。

戴宗拍掌道：「正是如此。」

孫二娘還要說什麼呢，一旁的楊志阻斷說：「無論如何，是都該慶祝啊。單單是爲了擊潰十二凶獸之一這件事，我們就得痛痛快快地吃喝一大場。我們等等全數到閻婆惜的三貓居裡聚聚吧。」

渾身乏力地聽著她所喜歡的姊姊們都身康體健、心愉情快地聊天，林冲心中大大的滿足。幸好她有鼓起勇氣，而不是被恐懼感壓倒。這一切都是對的，都是值得的。大家都相信她，她也眞的能夠相信自己。我是有價值的，我是有力量的。林冲不再是原先的天同五〇九九。她是同一者林冲，寶藏巖的一員，是一名能夠對大家有所貢獻的獨立個體。

我想要救人。我想要用自己的力量去守護需要被幫助的人們。這是她想要的沒有錯。她不要躲在別人後面，只是被保護著而已。她想要走到最前面，跟那些暴力面對面，絕不退後。她可以做到更多事。

眼下這一刻，林冲無比篤定意識到自己的選擇是什麼。可以參與救援更多人的任務，是她心之所向。縱使將要面對更凶險的狀態，林冲也甘之如飴。我是一個人，我是一名女孩，我不是軟弱的，我有自己的力量，我還能幫助許多人。

林冲徹底理解自身的命運——

命運不是被動的接受。命運是主動的選擇。

我可以決定並創造自己的生存方式。我可以。

林沖暗自對自己立誓：我要加入星火。

不過，那是之後的事了。現在，重要的是她回來了，她安然地回到這裡，面對著一群關愛她的人，這些全都是她的親友，每一個都是，尤其是孫二娘和楊志，更無庸置疑是她的至親家人，就像父母一樣，不，不是就像，而是根本就是她的父母。林沖想著，如我這樣一名平凡的女孩，無父無母的孤兒，在超臺北被視爲賤民的下等人，居然也有家了。

這裡，就是我的家。而寶藏巖就是，我的故鄉。

林沖右手拉起孫二娘的左手、左手牽著楊志的右手，笑顏逐開。

「我們回家吧。」她說。

掛在林沖臉上的啊，那是一個極其乾淨明亮、無與倫比美好的笑靨。

番外篇
楊志與孫二娘

1

天同二〇二五與天同一七三〇被綁在兩根鐵柱上。天同二〇二五的左臉，額頭到面頰處長著一大塊青斑，身形高瘦，年齡大概是二十好幾。天同二七三〇的身形婀娜，臉容姣好，年紀約莫十八歲上下。

兩人都赤裸，渾身傷口，陷入昏迷。

聳立在一〇一高塔旁、更高一大截、發射深紅光芒的萬劫像，俯瞰著一切。冷風颼著，細雨零落地墜下，四處暗黑，唯有萬劫那兒不可思議地灼亮。夜間的超臺北，只有萬劫能夠發光，以祂爲中心點，愈是往外就愈是黑暗。

而天上被赤網阻隔在外的月光，黯淡無比。

隔了好一會兒，天同二〇二五慢慢甦醒過來。她眼睛一睜開，就著天暗裡的微光，慌忙搜尋著什麼。一見到天同二七三〇，她的神色緊張。天同二〇二五叫喚著：

「小夢，小夢，醒來，小夢，聽見嗎？」

她的小夢毫無回應，天同二〇二五凝神瞧去，其雙乳還在起伏，尚有呼吸。小夢還沒有死。天同二〇二五確認這件事，滿臉的驚慌平和一些。天同二〇二五試著掙扎，但鐵鍊死死地將她綑綁住，動彈不得，反倒一摩擦又讓傷口疼痛起來。

其實啊，她也心知肚明，她和小夢是無望的了，不是飢寒而死，就是被欺凌致死吧。接下來都是折磨，都是地獄啊。星魔軍不會那麼輕易地讓她們死去。他們一向喜歡用暴虐的手段對付意圖逃離超臺北的女性。

天同二〇二五非常懊悔，會不會這一切都是我害了小夢，如果她不跟我一起，就不會遭此橫禍。只要她狠心不再搭理小夢，她們倆都還能活。然而啊，然而那樣好死不死地活著，又有什麼意義？這是她們一起決定的，如果想要活命，廝守在一塊，她們就得逃離超臺北，到別的地方去，任何一個地方都好。即便呢，她們壓根不曉得超臺北以外的世界是何模樣。

可是必須先逃啊，非得逃出這裡不可。

超臺北不可能容許女子相戀相守。女性要不是政府的奴隸，要不就是男人的私產。小夢也是啊。她在十四歲被男人要走，後來那人在戰鬥時受傷而殘瘸，被星魔軍踢出，脾氣異常暴躁，鎮日只會怒打小夢出氣。

反倒是天同二〇二五由於自己的臉長著青斑，以致無男性要她。加上她手很巧，善於修整機器零件，依靠補綴日常用品，勉強度日，在天同圈總還能苟活。但處境著實艱苦，老是被刁難，也是有一頓沒一頓。

男人不管事也不營生，小夢只得在自家門賣起麵食，孰料廚藝甚好，價錢又便宜也就有口碑。天同二〇二五也常去吃，偶爾收入不佳，小夢也不收費，同是可憐人，又何必多加計較。日積月累下，兩人的互動也就緊密起來。後來呢，天同二〇二五只到小夢的麵店吃食。她也常常眼見，小夢時不時還得被拖進去毒打一頓，鼻青臉腫少不了，屋裡「賣什麼騷」的詈罵聲不絕。

有時她們會聊心事，小夢想到日子這麼苦，每天都活在施虐的陰影下，忍不住失聲落淚。天同二〇二五並沒有多想，當下直覺地摟著小夢。小夢嚶嚶泣哭，投在她的擁抱裡。天同二〇二五滿懷的柔情爆發，低頭親吻小夢，而她熱烈回應。

兩人就無法禁忍地陷入情愛狂潮裡。

2

私底下，天同二〇二五叫她小夢。而小夢呢，小夢則稱她爲青姊。

超臺北城裡，沒有女性能夠擁有名字，全部都是代號與數字。她們隸屬於十四星魔之天同星魔的轄圈，是以，只能叫天同二〇二五、天同二七三〇。但她們暗地裡還能用最親密的名字呼喊對方。兩人盡力維持著低調的戀情。殘酷日常裡，依靠著彼此的鍾情而活。即便絕望與屈辱並不遠離，但至少有一眞愛伴隨，總算有一線微薄的寄望。

然則，然則，男人居然要將小夢賣到貪狼圈。天同圈雖然嚴酷，但在貪狼星魔的治下更是瘋狂。尤其貪狼圈大多從事賣身工作，而且有更多恐怖的傳聞，包含有女孩在全身被插滿刀刃的狀況下，被該圈域男性淫辱至死等。

小夢當然不從。她不想離開大同圈，這裡有她的青姊。但她毫無能力對抗。天同二〇二五也很急，她設法要借到更多錢，好讓那男人打消念頭。唯她怎麼籌錢總是不夠。而期限就要到了。

就在今晚，小夢渾身血、手中緊握菜刀跑來找她——

「青姊，青姊啊，我殺了他，我殺人了！」小夢臉色蒼白、全身顫抖。

天同二〇二五瞭解情況，當機立斷，帶著小夢要逃離天同圈。

而天同星魔軍很快就追到她們了——

他們狂笑著，在她們身後奔逐，猶如嬉戲一般，輕而易舉獵捕到手後，一陣拖行、毒打與侵辱後，將天同二〇二五、二七三〇，以粗厚的鐵鍊綑死在鐵柱上，要讓她們受盡苦楚而亡。

「青姊，青姊。」小夢在昏迷中囈語著，喊著她的摯愛。

天同二〇二五愛惜地望著小夢，「小夢，我在這裡，青姊在這裡啊！」但天涯咫尺，她完全無法接近情人。她無奈又絕望地癡癡凝睇小夢。她們撐不了太久的，冷夜過去，就是酷日，而且，還有其他男性在白晝也會對她倆施加暴力。

她痛恨這一切。她感到非常憤恨，爲什麼！爲什麼她們只是想要情愛也不可得！憑什麼！憑什麼那些凶暴的男性可以如此輕賤她們！心底生起極端的忿怒，天同二〇二五瞪著萬劫，祢怎麼有資格當神！祢怎麼能夠獨厚男性，而將女子全數視爲奴隸。怒氣在她的體內流動、奔湧。力量即將要爆發。她想要反抗，她想要回擊那些瘋笑著侵害小夢的星魔軍。她要殺了他們！

暗中，有霧撩動。

天同二〇二五的臉上閃印著奇怪的圖印。

霧氣慢慢地濃烈起來。

而夜的深處有兩道身影吐出。

天同二〇二五沒有注意到，她的心緒澎湃難止，而視線只顧著看小夢。

那兩人沒有足聲，一步步接近，直至天同二〇二五、二七三〇身前，停住。

天同二〇二五這才注意到有人靠近，她抬頭，視線凌厲。

一名大約四十歲左右的中年女子，提著一支矛，站在天同二〇二五面前。

旁邊跟著一位身寬體胖的圓臉女孩，大概十七、八歲上下，滿臉慌恐。

天同二〇二五大感震驚，她從來沒有見過有女性拿兵器，而且是非常古老的形式，不是超臺北常見的機械武器。而且中年女子的態度穩重，表情鎮定，眼神帶著深深的哀憐。她們是誰？怎麼會有女子敢在半夜外出？而且還是到處決場裡？

3

中年婦女開口：「我是林冲。」

天同二〇二五不可置信：「妳有姓名？」

「她是朱富。」林冲介紹一旁緊張兮兮的女孩。

兩個有姓名的女性？天同二〇二五搖搖頭，而疼痛感持續轟擊著她。

婦人的嗓音嘶啞，但語氣非常溫柔：「妳們想逃離超臺北？」

天同二〇二五不自覺地點頭。

「好。」林冲二話不說，矛頭點住鐵鍊。

天同二〇二五覺得荒誕離奇，那麼老的東西能夠起何作用？而且她也沒有揮，只是點住能做什麼？這兩女子是被超臺北逼瘋，只能在夜間遊晃的可憐人吧。絕望感更濃郁地籠罩了她。

然而，天同二〇二五身上一輕，整個往前傾。鐵鍊被矛一點就整個崩裂了。

朱富趕忙扶住她。

林冲一手把矛輕擱於綁住小夢的鐵鍊，一手攙住她，免得她跌下。

朱富讓天同二〇二五坐在地上，手中忽然有了一個小布包，她手往裡面掏，而後莫名地就取出兩件長袍，看起來絕無可能塞得進去那個差不多手掌大小的包啊。朱富將其中一件披在天同二〇二五身上，另一件扔給林冲。

林冲將小夢裹好。

天同二〇二五對眼前正在發生的事大惑不解。

朱富輕聲細語：「我們趕快離開吧。」

忽然近處有了聲響，有步履聲，三名負責晚間巡邏的衛士，走了過來。

林冲對朱富示意。

朱富立即將小包解開，攤平在地上，那是一塊普通桌面大小的長巾。

林冲將小夢輕放在上頭，而後回身擺出作戰姿勢。

天同二〇二五更覺得如入夢境，女性也能夠戰鬥嗎？

三名星魔軍看見她們了，臉上先是詫異，而後浮現殘虐的笑意。

「喂喂，我頭一回看見有女人拿，那叫什麼？」、「破爛啦，叫什麼。」、「要不要示警？」、「給點出息好嗎？就四個女人，兩個還傷了，怕什麼！」、「我們三個跟她們樂一樂吧。」、「我可不要老的、醜的、胖的那三個，我要白綿綿那個昏的。」

三人圍過來。

天同二〇二五聽著她們的話語，心中的怒意更甚。

而暗霧襲湧。

朱富怪奇地張望突如其來的霧，與及天同二〇二五的臉。

林冲主動步向星魔衛十。

他們舉起槍械，其中一人喊：「射穿她的膝蓋啦！」

就在他們要擊發之際，林冲前衝，長矛直刺。

天同二〇二五想著林冲就要死在槍擊之下，卻看見匪夷所思的畫面——

林冲的矛就只是一支矛，沒有什麼裝備，唯怪的是，當古矛戳刺到底，三名星魔軍面露痛苦，像是遭受到什麼劇烈的衝擊，以致於他們的所有動作赫然停頓。而後，衛士們忽然就解體，噴出大量的血，未及發出慘叫，四分五裂，變成散落的屍塊。

林冲收矛，往回走。

天同二〇二五張大了嘴，一句話也說不出來。

「走吧。」林冲講。

朱富扶起天同二〇二五，讓她跟天同二七三〇一起躺在長巾上。

天同二〇二五的目光定在朱富的臉上，還是驚愕得不知該如何反應。

「我會把地藏巾折起來，妳們在裡面很安全，不用怕被發現。」朱富說。

天同二〇二五完全不瞭解朱富的意思。

朱富動手將布巾四個角捏著，包好，天同二〇二五、二七三〇就消失了。隨後，她將約莫是半身大小的包包扛在肩上，毫不費力。她對林冲點點頭說：「我們可以離開了。」

林冲拍拍朱富的肩膀，「回寶藏巖吧。」

她們走入濃黑中。

現場的霧氣，不久後就悉數消散。而超臺北的夜晚也就回到原先的模樣，冷清、萬籟俱寂。萬劫像依舊以邪異紅光俯照著整個超臺北，彷若在宣告世界不會有任何變化。

《超能水滸　第一部》　完

後記

末日以後也許就是未來終將來了啊

按我的理解，武俠小說無疑是中國古典（章回）小說的集成品，以四大經典來說吧，武俠具備《西遊記》的神怪鬥法、奇妙冒險，有《三國演義》的天下王霸與戰場爭殺，也有《紅樓夢》的纏綿情愛和複雜人事，更有《水滸傳》的江湖道義及兄弟情誼。武俠小說從這些文學傳統裡找到可以繼承的事物，統整成二十世紀一度絕對風行的通俗文學類型。

寫《2069樂園無雙》時，我就有意圖以武俠小說結合各種他領域的特性，寫出武俠的亞類型（或說混種），尤其在續集更是較明顯地挪取《西遊記》的元素，想要讓這本明代小說復還於末日臺北裡，可惜的是續集寫完了，但《2069樂園無雙》無銷售力的事實，讓出版社不具意願出版續集。通俗是一種能力，我在寫完《天敵》之後或也正逐漸失去了吧。

《超能水滸》也基於類似的構想，原先想寫的是《女水滸》，但因於《2069樂園無雙》的失敗，也就延宕下來。至二〇二〇年初，將水滸一零八英雄女性化的念想，終於因於諸種緣故重啓了。主要是疫情大年裡，太多難以思議的事物到來，令我難以禁忍地想著把那些在腦中蠢蠢欲動的人物放置到臺北末日場景，凝望著新世紀《水滸傳》世界的生成，感受她們種種心靈細節，融入他們方死方生奇妙體驗，如此也就慢慢重啓我寫小說的渴望。

在《劍如時光》出版後，我不由地陷入某種乾裂狀態，恍若歷劫歸來。其後，一年多的時間，幾乎都在找方法讓身體休養。我這才赫然驚覺，放鬆這件事居然是人生裡最困難的課題。我可以高速集中地創作與工作，但卻沒有辦法放空自己。

寫小說是我的人生過濾器，甚至是呼吸器也說不定。我一直依靠著小說走過來。一路狂歡啊。完全不想要煞停的極速令人著迷。但人生終究不是小說，不是只有意志就可以萬事無憂。實際上意志徹底燃燒，往往會帶來更痛切的困擾。身體的細部都在發出細小的哀嚎。不能再這樣下去。我心知肚明。於是只得強迫自己中斷創作的慾望。當然了，夢媧凜冬迫近也如地督促，也讓我不得不暫停武俠書寫。

如今，寫完短短的七萬字《超能水滸》，讓我度過了心中的慌焦，深恐這些日子裡自己已經不復對武俠的殷切渴望，所幸那樣的悸動依舊實實在在地續留我心，並不雲散。因爲是修復性的動作，再加上我一直有在長篇嚴肅武俠之間夾雜寫通俗武俠作爲調劑的習慣——我想要寫起好玩有趣的小說，但也想要描繪複雜的世界、探索人性的絕對領域，而不同的主題有適合的節奏與樣貌，有些是娛樂作品，有些則是一往無前地踏進絕對深邃但乏人問津之境。《超能水滸》的概念無疑更適合此刻所呈現的單純樣貌，無須頭破血流投向人性複雜地帶。

是的，我並不是想要寫嚴肅文學，所以寫完《劍如時光》。同樣的，我也沒有試圖接合市場重回通俗小說而去寫《超能水滸》。我只是依據不同的主題，去尋找最適合的形式。有些場合得慎重其事裝扮，有些地方不妨休閒運動。但無論哪一種穿搭，衣物裡面的我仍然就是我。那也是小說作爲呼吸的調整，有時重，有時輕，如《英雄熱》、《幻影王》、《2069樂園無雙》等等中篇小說，都是夾在長篇之間寫完的，無非是一種呼吸的轉換。

我總是樂於在自己的武俠小說裡，屢次鎔鑄主流娛樂的題材和嚴肅領域的主題。於我而言，娛樂性與嚴肅性並非對立，它們確實彼此對照，甚至錯位，但絕非敵對。它們各有各的姿態，各有各的美麗。

比如《虛構集》、《帕洛瑪先生》、《不朽》、《修道院紀事》、《愛在瘟疫蔓延時》、《沉默。喑啞。微小。》、《盡頭》、《西夏旅館》、《愛情的盡頭》、《個人的體驗》、《物種源始．貝貝重生之學習年代》、《雌性生活》、《午夜之子》、《狂野追尋》、《玫瑰的名字》、《時間箭》、《巫言》、《古都》、《幽冥的火》、《田園/下午五點四十九分》、《Salsa》、《足夠的理由》、《餘生》、《祕密結晶》、《世界末日與冷酷異境》、《胡莉亞姨媽與作家》、《猛暑》、《野豬渡河》、《大亨小傳》、《魔法師》、《美麗失敗者》、《炸裂志》、《酒徒》、《異常》、《伊莉莎白．卡斯特洛》、《小鎮生活指南》、《盲眼刺客》、《尤利西斯》、《卡拉馬佐夫兄弟們》、《安娜．卡列尼娜》、《包法利夫人》、《海浪》、《不安之書》……這些書都讓我讀得眉飛色舞，充實豐富地娛樂著我——一方面是天大養分，一方面也確實陪伴我，讓我有著一段又一段美好的閱讀時光。對我來說，沒有比這些更能娛樂我的作品，它們豈止好看而已，根本是一萬個好看都擔得起的舉世之作。

同樣的，當我迷醉於另一個極端，無論是各種類型文學乃至於電影、漫畫，別的不說，單以漫畫領域為例，如《浪人劍客》、《JoJo的奇妙冒險》、《烙印勇士》、《地雷震》、《獵人》、《火影忍者》、《修羅之門》、《功夫旋風兒》、《第一神拳》、《刃牙》、《死亡筆記本》、《鏈鋸人》、《潮與虎》、《深邃美麗的亞細亞》、《天下畫集》、《霸刀》、《末日》、《沉默的艦隊》、《末日降臨》、《蒼天航路》、《城市獵人》、《超魔人》、《烈焰赤子》、《怪物》、《咒術迴戰》、《拳願阿修羅》、《鬼滅之刃》……等等，也都看得見想像力的極限展演，以及關乎生命奧義的碰觸。這些作品，在我而言，不可謂不巨大哪。

《超能水滸》即是我對漫畫化小說——亦即小說如何能夠逼近漫畫世界——的探索，結合了許多我個人偏愛的題材，包含武俠、奇幻世界觀、機器人、超能力、末日、女性主義、反抗獨裁、少年成長等等，盡力凝合於一體。

《水滸傳》本就是末世小說，也堪稱是武俠小說的鼻祖——將之改頭換面後，《超能水滸》既是致敬，也是對話。是了，所有的古老事物，都可以用最嶄新的角度復返。沒有什麼東西會完全死去。

只要有人記憶，有人想要跟它說說話，就足以還魂重生。

在當代，與經典對話——我以爲，這正是身爲後來者必須重新回望的使命。

而末日是如此恐怖逼近的想像，一點都不值得推許，但我們此時此刻不都活在種近末日感的時間軸上嗎？寫此一中篇小說時，也正是Covid-19疫情鋪天蓋地之際——文明停擺，而人類啊是何等孤孑渺然。

末日以後，也許就是未來終將來了！但願如此。

沈默

國家圖書館出版品預行編目資料

超能水滸 / 沈默 著.——初版. ——
台北市： 蓋亞文化，2022.01
面； 公分
ISBN 978-986-319-600-6（平裝）

863.57 110016927

超能水滸

作　　者　沈默
插　　畫　葉長青
封面裝幀　莊謹銘
責任編輯　林芸品
主　　編　黃致雲
總 編 輯　沈育如
發 行 人　陳常智
出 版 社　蓋亞文化有限公司
地址：台北市103大同區承德路二段75巷35號
電話：02-2558-5438　傳眞：02-2558-5439
電子信箱：gaea@gaeabooks.com.tw
投稿信箱：editor@gaeabooks.com.tw
郵撥帳號 19769541　戶名：蓋亞文化有限公司
法律顧問　宇達經貿法律事務所
總 經 銷　聯合發行股份有限公司
地址：新北市新店區寶橋路235巷6弄6號2樓
電話：02-2917-8022　傳眞：02-2915-6275
港澳地區　一代匯集
地址：九龍旺角塘尾道64號龍駒企業大廈10樓B&D室
電話：+852-2783-8102　傳眞：+852-2396-0050
初版一刷　2022年1月
定　　價　新台幣270元
Published and printed in Taiwan

ISBN / 978-986-319-600-6

本書獲 財團法人 國家文化藝術基金會 National Culture and Arts Foundation 創作補助

Gaea

GAEA